Jasu kasaa oman joukkueen

Ilpo Hiltunen

Kustantaja: BoD - Books on Demand, Helsinki, Suomi
Valmistaja: BoD - Books on Demand, Norderstedt, Saksa
ISBN: 978-952-80-6189-2

1. Haave omasta joukkueesta

Kuulin kun Kalle ja Pietari keskustelivat välitunnilla jalkapallosta, siitä keitä he pyytäisivät mukaan joukkueeseensa. Kysymyksessä oli eri kaupungin osille järjestettävä turnaus, joka pelattaisiin keskusurheilupuiston oikeilla nurmikentillä. Pojat luettelivat eri nimiä, jotka voisivat tulla kysymykseen ja laittoivat sitten nimet ylös paperille. He aikoivat antaa listan myöhemmin Pietarin isälle, joka toimisi joukkueen valmentajana. Pietarin isä, Lasse oli aivan oikea valmentaja, juuri noiden poikien joukkueessa, Jouppilan palloseurassa.

Minäkin pelasin oikeassa seurassa, Jouppilan Teräksessä. Meidän joukkueeseen sai tulla kaikki halukkaat ja seurakunta avusti vieläpä varusteiden hankinnassa. Jouppilan Palloseurassa pelasivat hieman varakkaampien vanhempien lapset. Joskus samaan aikaa harjoitellessamme, meitä huvitti, kun heidän pelaajat tuotiin autolla harjoituksiin. Naureskeltiin, etteivät varmaan jaksaisi kulkea pyörällä tai kävellen, niin kuin me. Tosin meillä ei oikein tainnut ollakaan muuta vaihtoehtoa, kuin tulla pyörällä, pallo tarikalla.

Meidän joukkueella oli vain tosi kurja tilanne, meillä ei ollut valmentajaa. Edellisvuoden valmentaja tuli kevään harjoituksiin joukkueen juomapullot muovikassissa. Pukukoppien edessä hän ilmoitti lopettavansa homman, saisi seura etsiä hänen tilalleen

5

uuden. Saisimme käydä siihen asti, kunnes uusi valmentaja ilmestyy, nuorempien poikien mukana harjoituksissa. Lopuksi hän antoi sen muovikassin lähimmälle pojalle ja häipyi pois paikalta, eikä häntä ole sen koommin nähty.

Osa meidän pelaajista häipyi paikalta saman tien, minä ja muutamat muut yritettiin käydä niissä nuorempien harjoituksissa. Siellä käyminen loppui kuitenkin hyvin nopeasti, heillä kun harjoittelu oli vielä aivan alkutekijöissään. Heittelivät palloa ilmaan ja yrittivät sitä sitten saada ilmasta kiinni, tai kokeilla pompauttaa jalalla kerran. Päätin silloin antaa periksi ja jatkaa vasta kun tulisi uusi valmentaja. Siihen asti harjoittelin puistossa yksin tai kavereiden kanssa.

Kalle ja Pietari huomasivat, että kuuntelin heidän keskusteluaan, vaikka yritin kyllä olla katselevinaan ihan muualle.

- Otettaisiin Jasu sut meidän joukkueeseen, mutta harmi kun asut Ratisen alueella, Pietari totesi.

- Ei taida teidän alueelta edes joukkuetta saada kasaan. Meillä on jo viisi sarjapelaajaakin, Kalle sanoi ja tarkoitti heidän joukkueessa pelaavia poikia sarjapelaajiksi.

- Joo, kyllä mestaruus taitaa olla meidän aika varmasti, kunhan vain saadaan vielä maalivahti meille, Pietari sanoi ja kääntyi Kalleen päin ehdottaakseen taas jotain uutta nimeä.

En viitsinyt sanoa mitään, kohautin vain hartioitani ja lähdin pois. Minua harmitti aivan suunnattomasti, jalkapallo oli minulle

6

kaikki kaikessa. Miksi meidän alueelta ei tulisi joukkuetta, ei se haittaisi, vaikka ei voitettaisi, kunhan vain pääsisi pelaamaan.

Sitä paitsi tiesin kyllä olevani parempi kuin nuo kaksi, minulla oli pompotusennätyskin kaksi kertaa enemmän kuin heillä yhteensä.

Aloin miettimään keitä mahdollisia pelaajia tietäisin, niin se lista oli lyhyt. Valtteri, eli Valtsu olisi hyvä puolustaja, ei pelaa seurassa, mutta aina puistopelissä mukana. Petteri, eli Pate olisi myös puolustuksessa, pelaa samassa joukkueessa minun kanssani. Sitten olisi Elvis, tai Eetu, tykkää laulaa Elviksen lauluja, siitä lempinimi. Elvis pelaa myös joukkueessa, tai ainakin käy joskus harkoissa, en oikein tiedä miksi on paljon poissa sieltä, enkä ole koskaan kysellyt siitä. Siinähän ne sitten olivatkin, muita en keksinyt, vaikka kuinka yritin miettiä lisää poikia joukkueeseen.

Viimeinen tunti olisi koulussa liikuntaa, ajattelin kysäistä opettajalta siitä jalkapalloturnauksesta, jos vain tulisi sellainen kahdenkeskeinen mahdollisuus jutella. Pelattiin liikuntahallissa koripalloa, pyysin pelin lopulla päästä vaihtopenkille. Menin opettajan viereen, joka istui kentän keskivaiheilla, välillä puhalsi pilliinsä, mutta enimmäkseen antoi poikien pelata ja hoitaa itse säännöt.

- Opettaja, tiedätkö sinä siitä kaupungin järjestämästä eri alueiden välisestä jalkapallosarjasta?

7

- Todellakin, minähän olen siinä yksi järjestäjistä sekä todennäköisesti myös valmennan yhtä joukkuetta, opettaja sanoi ylpeänä ja puhalsi samalla pilliinsä pelin loppumisen merkiksi.

- Tulkaahan tänne, niin kerron samalla kaikille.

Tämä oli juuri se, mitä en olisi halunnut.

- Jasu tässä kysyi siitä jalkapallosarjasta.

- Mestarit tulee täältä, Pietari kuulutti ja laittoi käden Kallen kaulalle.

- No niin, Nivan pojilla taitaa olla joukkue jo kasassa, siellähän asuu paljon hyviä pelaajia, opettaja vielä kehaisi poikia.

- Mutta vielä siitä tapahtumasta. Joukkueella pitää olla jonkinlainen valmentaja, joka pitää aina viikolla harjoitukset ja on mukana sitten peleissä. Pelaajia saa olla vaikka kuinka paljon, mutta vähintään se kahdeksan, hyvä olisi tietysti olla vaihtopelaajia kanssa.

- Siihen kaatui teidän yritys saada joukkue kasaan, ette ikinä saa kahdeksaa pelaajaa teidän alueelta, pojat nauroivat minulle yhteen ääneen.

- No, no, pojat, muistakaa että kaikki voivat tulla mukaan, opettaja rauhoitteli villiintynyttä sakkia.

- Nyt suihkuun jokainen, komensi vielä.

Istuin avaamaan kengännauhojani, ihan vain kulutin aikaa, että muut menisivät jo pukuhuoneeseen.

8

- Mihin se ilmoittautuminen pitää tehdä, siis jos joku saa joukkueen kasaan ja aikoo osallistua mukaan kisaan.

- Vaikka minulle, tai kaupungin liikuntatoimistoon, Joukkueen nimi, pelaajien nimet, asuinalue ja valmentaja puhelinnumeroineen, niin silloin pääsee mukaan. Koulun ilmoitustaululla on siitä esite, jos haluat vielä jotain lisätietoa.

- Eiköhän se tässä, kiitos.

Lähdin mietteliään pukuhuoneeseen, toiset tulivat jo vastaan, tuntuivat nauravan vielä enemmän kuin äsken. Pukiessani vaatteita tajusin, että muut olivat kastelleet minun kalsarini, sitä ne siinä nauroi. Ei muuta kuin farkut jalkaan ilman alushousuja ja voisin vaikka kotimatkalla miettiä kostoa niille.

Kahdeksan pelaajaa, meidän alueelta ja vielä valmentajakin pitäisi löytää. Paras kosto olisikin kyllä muille, että meidänkin alue saisi joukkueen kasaan.

Kävin vain kotona vaihtamassa, tai laittamassa lisää vaatetta ja lähdin takaisin ulos, minulla olisi kolme päivää saada joukkue kasaan, perjantaina olisi viimeinen ilmoittautumispäivä. Muistin yhden pojan, Tonin, joka pelasi nuorempana, mutta lopetti kun joutui tarkkikselle, eikä tykännyt, kun harkoissa siitä hänelle mainittiin. Muistin vieläkin missä hän asui, sillan vieressä olevassa pitkässä puutalossa. Lähdin saman tien ajelemaan sinnepäin, jos vaikka sattuisin löytämään hänet.

Pihalla oli vain pikkupoikia, jotka leikkivät joillain kepeillä sotaleikkejä, ajattelin kysäistä heiltä.

9

- Moi, ootteko nähneet Tonia?

- Meni just vähän aikaa sitten sisälle, toinen pojista vastasi ja osoitti samalla minua kepillään.

Keräsin hieman rohkeutta, Toni oli aikamoinen kaveri, tappelupukarikin ja jos hän ymmärtäisi asiani väärin, voisi tulla kiire poistua pihalta. Mutta ei minulla ollut vaihtoehtoa kuin koputtaa oveen, jossa ei ollut nimikylttiäkään. Hetken kuluttua Toni tuli avaamaan voileipä kädessä ja oli hieman yllättyneen näköinen nähdessään minut. Hän oli kasvanut lisää viime näkemästäni ja varmaan nostanut punttejakin, oli nimittäin aikamoiset lihakset.

- Moi, lähtisitkö pelaamaan meidän Ratisen joukkueeseen?

Toni istahti rappusille, minä seurasin perässä ja istuin hieman alemmaksi.

- Mikä se semmoinen joukkue on?

- Kaupunki järjestää sarjan, vähän niin kuin joskus nuoremmille oli kortteliliiga, muistatko kun mekin pelattiin siinä.

- Joo, muistan, no keitäs muita olisi tulossa.

- No sinä olet kyllä ensimmäinen, jolta kysyn, mutta maalivahti on joukkueen tärkein pelaaja, sanoin.

Toni ylpistyi selvästi, yritti kohauttaa vaan olkapäitään, mutta innostui asiasta, varmaan jo pitkään halunnut pelata taas jalkista.

- Voinko laskea sinut mukaan joukkueeseen, niin lähden kyselemään muita?

10

- No ok, harjoitellaaks me?

- Perjantaihin mennessä pitää olla joukkue kasassa, jos saan, niin lauantaina pidetään omalla kentällä. Kokoonnutaan kuitenkin puistossa torstaina, silloin tiedän miten joukkueen kasaamisen käy.

- No siellä nähdään sitten, Toni sanoi luottavaisin mielin ja lähti varmaan syömään lisää.

Minä en ollut yhtään niin varma asiasta, mutta nyt ei auttanut kuin mennä pelaaja kerrallaan, seuraavaksi olisi Elvis, joka asuisi ihan lähellä.

- Be bob o lula, tottakai lähden, oli Elviksen vastaus.

Siinä ei kauaa mennyt, sujuisipa kaikki näin helposti.

- Lähden tietysti, vai sait Tonin maaliin, se on aikamoinen suoritus, on meinaa huippumaalivahti. Luulin kyllä, ettei hän enää alkaisi uudestaan, mutta hieno juttu. Se oli siilitukkainen Pate, joka pelasi minun kanssani Teräksessä ja tiesin hänen lähtevän mukaan.

- Nähdään torstaina.

Valtsu ei ollut kotona, mutta ehtisin kysyä häntä vielä huomenna koulussa.

Koulussa tuntui kaikki pojat keskittyvän juuri niihin jalkapallojoukkueisiin ja niiden kasaamisiin. Korkeakankaan joukkue oli löytänyt hyökkääjän, sellaisen pitkän pojan, Kuusinen oli sen sukunimi. Ei varmaan ollut pelannut oikeissa sarjoissa, koska en ollut hänestä kuullut, ei tainnut olla edes

11

meidän koulussa. Nimenkin he olivat jo keksineet porukalle, se oli Korkeakankaan pamaus.

Toinen porukka, joka oli jo ilmoittautunut mukaan, oli Yhtylän yllätys. Siellä oli pari meidän Teräksen pelaajaa, siihen ympärille saaneet ihan riittävästi lisää jonkinlaisia pelaajia.

Rytkyn pallo ja Lahnajoen laukaisijat oli minulle ihan vieraita joukkueita, ne tulivatkin kaupungin ulkopuolelta, ihan maaseuduilta asti.

Kalle ja Pietari esiintyi vähän joka puolella niin suurin elein ja varmoina Nivan voitosta, että alkoivat saada enemmän vihamiehiä kuin kannattajia ympärilleen. Tulivat taas minunkin luokse ilveilemään.

- Et sitten yrittänyt saada omaa joukkuetta kasaan? Kalle totesi ivallisesti.

- Joo, en. En viitsinyt kertoa heille totuutta, jos yritykseni epäonnistuisi ja tulisi muiden tietoon, niin pahenisi vaan tuo pilkkaaminen.

- Eipä siellä montaa pelaajaa enää asukkaan, ne muualta tulleet vierasmaalaisethan on valloittanut ison osan teidän alueen asunnoistakin. Se oli Pietari, joka teki minulle vahingossa karhunpalveluksen.

Miksi en ollut ajatellut niitä maahanmuuttajia, siellähän oli muutamia poikia, jotka pelasivat heidän puistossa, aina kun siitä kulki ohi. Päätin lähteä koulun jälkeen käymään siellä, toivottavasti he olisivat tänäänkin siellä pelaamassa.

12

Näin Valtterin vielä viimeisellä välkällä, hän istui tuttuun tapaan pihan kauimmaisilla pyörätelineillä.

- Moi, lähet sä mukaan meidän Ratisen joukkueeseen?

- Ai sä keräät porukkaa, luulin ettei meidän alueelta saada joukkuetta kasaan.

- Pakko saada, ärsyttää nuo Nivan pojat, niin ylimielisiä että oikein oksettaa.

- Olisihan se mukavaa päästä näyttämään heille, keitä on jo mukana?

- Minä, Pate, Elvis ja Toni tulee maaliin. Sit jos sä tuut toppariksi, niin hankin vielä lisää pelaajia.

- Meitä on vasta viis, mistä loput?

Katoin ympärille, varmistin ettei ketään ole meidän lähellä kuulemassa.

- Ajattelin käydä kysymässä niitä maahanmuuttajia, ulkomailta tulleita poikia, osaakohan ne puhua suomea?

- Hyvä idea, ne on syntynyt pallo jalassa, sellaisia maradoonia. Mutta en ole varma osaako ne puhua Suomea, kysymällähän se selviää, ei muuta kuin onnea matkaan.

- Torstaina puistossa kokoonnutaan, silloin pitäisi olla jo ainakin se kahdeksan pelaajaa kasassa. Ai niin, tiedätkö ketään joka voitais laittaa valmentajaksi? Ei sen pakko ole valmentaa, mutta paikalla pitää olla niissä peleissä.

- Eikö sun naapurissa asu se vanha äijä, sehän kulkeekin välillä Teräksen verkkatakki päällä, kysy sitä.

13

- Ai se Laakso? No ei kai muutakaan ehdotusta taida olla, kysäisen siltä illalla. Hassua, että en muistanut häntä, melkein päivittäin nähtiin, mutta ei me paljoa oltu juteltu.

- Nähdään.

Hieman jännitti lähteä sinne maahanmuuttajien alueelle, tai sitä, kun piti mennä juttelemaan heidän kanssaan. Heidän puiston nurmella oli peli käynnissä, niin kuin useasti ennenkin olin nähnyt.

Suurin osa pelaajista oli liian nuoria meidän joukkueeseen, mutta kaksi pojista oli varmaan juuri minun ikäistäni. Jäin katsomaan heidän peliä, jossa tuntui olevan kaikenlainen kikkailu tärkeämpää kuin maalien tekeminen. Pienemmät pojat olivat selvästi häviöllä ja altavastaajina ottelussa, yksi heistä huusi jotain kummallista ja osoitti minua. Luulin ettei heidän alueella saanut olla ja meinasin kiireesti lähteä pois, mutta yllätykseksi se vanhempi poika ehti luokseni.

- Tule pelaamaan, tule mukaan, se sanoi.

- Minä, osoitin hölmönä itseäni.

- Tule pelaamaan, ei parjaa nuo ipanat, sinä heidän joukkueessa.

Minuahan ei kukaan pystynyt pidättelemään, jos kyse oli jalkapallosta, peliin mukaan vain, onneksi oli sentään verkkarit jalassa. Pienemmät pojat iloitsi, kun saivat yhden isomman joukkueeseensa. Aluksi jokainen syöttö heiltä tuli minulle, halusivat vain nähdä mitä osasin ja pärjäisinkö noille

14

vastustajille. Hyvin meni, en menettänyt kertaakaan ja kun päästiin maalin eteen, jonka tolpat oli muuten tehty isoista kivistä, niin annoin aina pienenpien tehdä maalit. Sillä taisin voittaa myös kaikkien luottamuksen. Pelin loputtua yritin kertoa siitä jalkapallosarjasta ja pyytää heitä mukaan siihen.

- Hei, oikeastaan tulin pyytämään teitä mukaan meidän alueen joukkueeseen, sanoin sille, joka pyysi minua mukaan peliin.

Hän katsoi hieman kummissaan, selvästikin ei ymmärtänyt ihan kaikkea. Hänellä oli lyhyet laineella olevat pikimustat hiukset, kapeat kasvot ja uudet värilliset nappikset jalassa.

- Pelaamaan jalkapalloa, minne? Voidaanko pelata täällä puistossa? Täällä turvallisempaa.

- Ei kun me kerätään monta joukkuetta ja pelataan ihan oikeilla kentillä ja maaleilla, sanoin ja katsoin heidän kivistä tehtyjä tolppia.

- Monta joukkuetta, uhta aikaa?

- Voi sentään, osaako joku täällä hyvin Suomea?

- Huvin Suomea, ohjaaja puhuu, on Suomalainen.

- Missä se ohjaaja on?

- Nuortentalossa.

- Nuorisotalossa, voidaanko me mennä siellä käymään, haluaisin yrittää hänen kauttaan saada asian esitettyä.

- Nuortentaloon, kaveri sanoi ja näytti suunnan. Lähdettiin pyörien kanssa polkemaan sinne.

Päätin matkalla kysäistä hänen nimeään.

- Jasu, osoitin itseäni ja sitten häntä sellaisella kysyvällä katseella.

- Nefi, hän sanoi. Olo oli kuin Tarzanilla, varmaan aika huvittavaakin, jos joku olisi ollut todistamassa tuota.

Tultiin kulttuuritalon katokselle, tiesin että siellä oli jonkinlainen nuorisotalo, mutta eri porukat kävi siellä. Paikalla oli lähes pelkästään maahanmuuttajia, en nähnyt yhtään tuttua tai edes sellaista nuorta, jonka olisi meidän koulussa. Mentiin alakertaan johtavia portaita, kielten sekamelska oli valtava, kukaan ei puhunut Suomea.

- Kari, poika huusi ja jäi odottelemaan vastausta.

- Täällä, kuului pienestä kopista.

Mentiin yhdessä sen ovesta sisään ja Nefi rojahti heti pöydän ääreen.

- Moi, sanoi se Kari. Sillä oli käkkärät hiukset, rinnassa lappu "Nuoriso-ohjaaja" ja se oli selvästikin Suomalainen.

- Moro, olisi hieman asiaa, tai siis noille pitäisi kertoa, mutta kun hän ei oikein saa minun puheestani selvää.

- No kerro minulle, niin yritän, osaan jonkin verran kurdia. Se on heidän äidinkieli, mutta kyllä he Suomeakin osaavat, välillä vaan eivät viitsi yrittää.

16

Kerroin taas tulevasta sarjasta, meidän alueesta ja yrityksestä kasata joukkue. Tietysti myös siitä, että haluaisin heidät mukaan pelaamaan.

Kari selitti sitä kurdia, Nefi ja se toinen kaveri kyseli, tuntui ettei heidän vuoropuhelu loppuisi ollenkaan.

- Joo, he tulevat mukaan mielellään ja he ovat kiitollisia sinulle, koska pyydät heitä osallistumaan tapahtumaan.

Selitin vielä, että muutama pelaaja puuttui joukkueesta ja valmentaja, jota kysyisin tänään illalla. Taas alkoi keskustelu, josta minä en ymmärtänyt yhtään mitään. Lopuksi piti vielä kertoa se tapaaminen siellä meidän puistossa torstaina ja mahdollinen harjoituskenttä, tulevia harjoituksia varten.

Sen toisen pojan nimi oli Salah, sillä oli samanlaiset pikimustat hiukset, mutta vain paljon enemmän, sen koko pää oli yhtä sykkyrää. He tulivat ulos mukanani, tuntuivat olevan aivan innoissaan tulevasta joukkueesta. Niin oli minäkin, mutta kasassa oli vasta seitsemän pelaajaa, yksi puuttui vielä.

- Sori tuo kaiki, kylä me ymmarrettiin, mutta Karin kansa on mukava puhua meidan oma kieli, se Salah sanoi.

No se siitä, pääasia, että sain lisää pelaajia.

Koputin varovasti Laakson oveen, näytti kuin siinä olisi vielä viime joululta kranssi roikkumassa, astuin taaksepäin odottamaan.

- Iltaa, hän sanoi ihmeissään ja selvästi odotti mielenkiinnolla mitä asiaa minulla mahtaisi olla.

17

Selitin taas kaiken alusta, mutta nyt etsin valmentajaa.

- Kuule, ei minusta ole siihen, mutta tiedän kyllä yhden hyvän, ehkäpä jopa paras kaikista.

- Kenet?

- Jykke, Niemen Jykke tuosta läheltä. Se on kuule itse pelannut aikoinaan täällä ja jopa Ruotsissakin. Peliuran jälkeen hän muistaakseni valmensi jonkin aikaa junioreita, mutta palasi sitten kotiseudulleen takaisin.

- Vai oikein Ruotsissa, sanoin hieman epäilevästi.

- Tule hetkeksi sisälle, niin näytän sinulle jotain.

Mentiin istumaan Laakson olohuoneeseen, hän alkoi kaivelemaan jotain kirjahyllyn alalaatikoista.

- Tässä, hän tuli paksun kansion kanssa pöydän ääreen.

Jalkapalloilijoista kuvia vilahteli sanomalehtileikkeissä, näyttivät vanhoilta mustavalkoisilta kuvilta. Sitten hän käänsi kansion minuun päin ja osoitti sormella yhden kuvan pelaajaa. Otsikossa luki "Jykke iski taas hattutempun".

- Tuo tuossa on Jykke.

Teräksen pelipaita päällä, kentän tunnisti samaksi, jolla pelasimme, puut olivat vain vielä pieniä kuvassa.

- Katso vaan muitakin, siellä on paljon meidän pelikuvia, otin aikoinaan kaikki talteen.

Selailin sivuja, suurimmassa osassa oli Jykke kuvissa, mutta löysin yhden, jossa näytti olevan tutun näköinen naapuri.

- Sinäkö? Käännyin Laaksoon päin.

18

- Niin, nuorena, pelasin puolustajana, en ollut usein mukana lehtikuvissa, toisin kuin hyökkääjät.

- Hienoja muistoja, mahdankohan itse koskaan päästä oikein lehden sivuille kuvaan, vaikka onhan siellä meidän joukkueen tulokset pienellä.

- Olen nähnyt, onhan siellä sinunkin nimi lukenut maalintekijöissä.

Olin hieman hölmistynyt, luulin aina, ettei niitä kukaan näe, koskaan ennen ei niistä ollut kukaan maininnut. Paitsi äiti tietysti, joka leikkeli ne talteen.

- Mitä luulet, mahtaisiko se Jykke innostua ja lähteä touhuun mukaan?

- No, jos tulen mukaan kysymään, niin uskoisin kyllä.

- Lähdetäänkö heti?

- No onpa asialla nyt kiire, mutta voidaan me lähteäkin.

Lähdettiin kahdestaan kulkemaan, minua jännitti tavata oikea huippujalkapalloilija. Vaikka aikaa olisi kulunut, niin tehtyjä maaleja ei ikinä kukaan pyyhkisi pois. Ammattilaisena Ruotsissa, huokailin, ja vielä meidän Teräksen pelaaja.

Matkalla Valtsu tuli pyörällä vastaan, huomasi Laakson ja luuli varmaan, että hänestä oli tehty meidän valmentaja. Ajoi siihen meidän viereen innoissaan.

- Teittekö valmentajasopimuksen?

- Ei Laakso lähtenyt, mutta mennään kysymään Jykkeä, asuu tuossa matalassa talossa, tuletko mukaan?

- Öö, tuota, ehkä on parempi, jos menette vain kaksin, voisi olla, että minusta olisi vain haittaa.

- Mitä ihmettä?

- No, muutaman kerran olen käynyt siellä pihalla, kun ne omenat ovat vaan niin hyviä.

- Jos Jykke suostuu valmentamaan, saat sitten selitellä asiat hänelle harjoituksissa.

- Joo joo, menkää te nyt vain.

Mentiin Laakson kanssa kahdestaan ja painettiin ovikelloa, joka alkoi kilisemään sisällä niin, että kuului ulos asti.

Vankkarakenteinen mies, hieman hiuksissa harmaita kiharia, avasi oven.

- No mutta Arska, kukas sinulla on mukana, hän sanoi.

- Terve mieheen, tässä on naapurin poika, sillä olisi sinulle vähän asiaa.

- Vai niin, ei kun sisälle kertomaan.

Mentiin olohuoneeseen, kiinnitin heti huomiota kirjahyllyssä oleviin pokaaleihin ja seinällä roikkuvaan tauluun, jossa oli jalkapallojoukkueen kuva. En tunnistanut pelaajien paidoista mikä joukkue oli kyseessä, mutta Jykke näki minun katsovan sitä ja kertoi siitä.

- Se kuva on otettu Tukholmassa, silloin kun pelasin AIK:ssa, minun kulta-aikaani.

- Hieno kuva, vähän isompi stadion takana, kuin meillä täällä, vastasin.

- Joo, sinne mahtui kymmeniä tuhansia ihmisiä katsomaan ja melkein usein siellä olikin aika täyttä. Oli hieno pelata, kun yleisö kannusti pelaajia.

Minä näin sen mielessäni, juuri tuollaisia hetkiä minä aina kuvittelin, kun harjoittelin yksin.

- Se sinun asia, mikäs se on?

Kerroin taas kerran koko tarinan kaupungin tulevasta jalkapallosarjasta, siitä kun siinä tarvittiin pelaajia ja valmentajaa. Laakso puuttui ensimmäisen kerran vasta nyt meidän keskusteluun.

- Muistatkos Jykke, kun silloin nuorena me oltiin ilman valmentajaa. Pelattiin pitkään keskenään, jouduttiin jopa keksimään välillä tarinoita kipeästä valmentajasta, jota ei tietysti ollut olemassakaan. Silloin me luvattiin, ettei sillä lailla saisi koskaan käydä lapsille, ja me auttaisimme vain, jos pystyisimme.

- Muistanhan minä, ei niitä voi unhoittaa, mutta selvisimme hienosti silti.

- Montakos pelaajaa sinulla on kasassa?

- Seitsemän, yksi on pakko vielä jostain löytää.

- Aha, minkälaisia pelaajia olet saanut ja mistä sinä olet ne löytänyt?

Minä taas kerroin tutuista kavereista, tarkkiksen kaverista, joka tulisi maaliin ja sitten niistä uusista löydöistä, kahdesta

21

maahanmuuttajasta. Jykke oli hetken aikaa hiljaa, kääntyi vain katsellen Laaksoa kohti ja hymyili.

- Taidatkin olla aika rohkea kaveri.

En ihan ymmärtänyt mitä rohkeaa olin muka tehnyt.

- Minä haluaisin vain pelata, sanoin ja jatkoin vielä.

- Oikeastaan tämähän on teidänkin asianne, asutte tällä alueella ja joukkue on myös teidän. Mullakin alueilla joku alueella asuva vanhempi hoitaa valmennuksen.

- No mutta eikö sen kuuluisi olla sinun vanhempasi.

- Äidin kanssa asutaan kahdestaan, se ei kuule tiedä jalkapallosta muuta kuin, että se on pyöreä.

Miehet nauroivat ja katselivat toisiaan, minuakin nauratti tuo oma vitsini.

- Yhdellä ehdolla minä lähden siihen valmentajaksi.

- Selvä, kiinni veti, vastasin.

- Kuuntele ensin minun ehtoni, koska te meinasitte kokoontua harjoittelemaan?

- No lauantaina, mutta sovittiin, että nähdään puistossa torstaina, silloin tiedetään, onko saatu joukkue ja valmentaja, voidaanko edes ilmoittautua mukaan.

- Minun ehtoni on sellaiset, että tulen mukaan ja tuon kaksi pelaajaa mukanani, nähdään torstaina, saatte silloin päättää, sopiiko se teille.

- Hieno homma, voi jukra me päästään mukaan pelaamaan, minä iloitsin.

22

- Lähdetäänpäs sitten, Laakso sanoi ja jotain he vielä kuiskailivat keskenään.

Matkalla minä hypin riemusta, Laakso yritti hieman hillitä minua.

- Odota vielä siihen torstaihin, niin silloin on kaikki varmaa, älä vielä kerro sitä kaikille.

- Joo, annetaan vaan niiden luulla, ettei me saada joukkuetta kasaan, onpahan sitten heille mietittävää.

- Onnea vaan teidän joukkueelle, luulenpa, että tulen sitten katsomaan pelejänne.

- Kiitos avusta, kyllä helpotti, nyt on mukava mennä kotiin.

2. Joukkue kasassa.

Keskiviikko meni nopeasti, koulussa kerroin muutamalle meidän pelaajalle valmentajasta ja lisäpelaajista. Tietysti minua hieman jännitti se, miten muut suhtautuisivat Nefin ja Salahiin, niihin maahanmuuttajiin. Niin ja miten meidän keskustelu sujuisi harjoituksissa ja peleissä, pitäisi opettaa nopeasti muutamia pelin sanontoja. Hieman mietin myös niitä kahta pelaajaa, jotka Jykke lupasi tuoda mukanaan. Varmaan jotain poikia, jotka kävivät muualla koulussa, kun en saanut ketään pelaajaa mieleeni, mutta se selviäisi aikanaan.

Kotona tein piirustuksia meidän joukkueen viiristä ja logosta. Minusta kuulosti hienolta FCR, eli Football Club Ratinen, sitä minä ehdottaisin muille nimeksi. Tein myös mahdollisia kokoonpanoja ja valmiita ottelupohjia, niihin lisäisi sitten joukkueen nimet ja pelitapahtumat.

Pihalla kävin vielä tekemässä omat harjoitukseni, pallon kanssa pompottelua ja kuljettelua. Harjoittelin myös nostamaan pallon selkäni takaa pään ylitse, sitä voisi käyttää joskus hyökkäyksessä.

Torstai koitti, koulun jälkeen kello oli hieman yli neljä, kun minä menin puistoon. Olin ensimmäinen paikalla, no puistossa oli kyllä kaksi tyttöä keinumassa, mutta ei vielä meidän joukkueen pelaajia. Toni tuli paikalle, sillä oli nappikset jalassa ja pallo kainalossa.

24

- Otin koululta pallon, tarvitaan monta harjoituksissa.

- Onko sinulla hanskat? Maalivahti tarvitsee hanskat.

- Minä en tarvitse, minun nyrkit on rautaa, Toni naureskeli ja näytti nyrkkejään. Ne oli ainakin hyvin kolhuiset, naarmuja täynnä ja likaiset myös. Tiesin kyllä, ettei Toni pelännyt käsiensä puolesta, eikä oikein minkään muunkaan, oli tottunut, että välillä vähän sattui.

- Sinä siis sait joukkueen kasaan?

- Kyllä pitäisi olla, katsotaan vielä hetki, tuleeko kaikki.

- Pyysin muuten kaksi maahanmuuttajaa mukaan, sellaista kun aina pelailee, uskoisin, että he pärjäävät meidän kanssa. Tummia ovat ja puhuvat huonosti vielä Suomea, luuletko heidän sopivan joukkueeseen.

Minun oli pakko kuulla Tonin mielipide heistä, en voinut tietää mitä hän ajatteli, kaikki eivät pitäneet ulkomaalaisista.

- Siinähän ne sopii kuin kuka tahansa meistä, riittää kun asuu täällä. Onpahan meillä sitten ulkomaalaisvahvistuksia joukkueessa.

- Laulaja poika tulee, Toni osoitti Elvistä, joka tuli lanteet heiluen paikalle, nappikset jalassa hänelläkin.

- Nyt ei lauleta, tosi kysymyksessä, kuulin kuinka koulussa taas haukuttiin meidän kaupungin osaa, ei saada edes joukkuetta kasaan? Saadaanks me? Elvis katsoi minua.

- Kolme meitä on jo ja lisää tulossa, maltetaan nyt vain odottaa kaikkia.

Hiljalleen oli seitsemän pelaajaa paikalla ja kauempaa näin Jykken tulevan jonkinlainen vihko kädessä. Mutta ei sillä niitä kahta lupaamaansa pelaajaa ollut mukana, ehkä tulisivat myöhemmin.

- Hei kaikille, Jykke sanoi ja sai hiljaisia vastauksia.

- Tuo Jasu kävi Arskan kanssa kertomassa teidän joukkueesta ja pyysi minua valmentajaksi tähän kaupungin järjestämään juttuun. Minä lupailin tulla yhdellä ehdolla, se pitäisi sitten jokaisen pelaajan hyväksyä, muuten tämä ei onnistu.

- Mutta se ehtohan oli vain, että tuot kaksi pelaajaa mukanasi, senhän hyväksyy kaikki.

Käännyin katsomaan muita, jotka nyökyttelivät hyväksyvästi.

- No katsotaan sitten, meillähän on nyt kaikki pelaajat paikalla täällä puistossa, Jykke sanoi.

Meinasin sanoa vastaan, kunnes tajusin kahden tytön keinuissa olevan ne uudet pelaajat. Ne tytöt olivatkin tulleet jo siihen ihan meidän taaksemme.

- Ennen kuin kukaan sanoo mitään kommentteja, niin pyytäisin teidät kaikki tähän riviin. Jättäkää pienet välit, ettei tule tönimistä.

- Kun minä puhallan pilliin, niin alkaa juoksukilpailu, tuolla sadan metrin päässä olevan talon seinään pitää käydä koskettamassa. Ja kuten näkyy, Laakson Arska, teidän huoltaja on siellä valvomassa, ettei kukaan huijaa. Kaksi nopeinta pääsee suoraan joukkueeseen.

26

- Valmiina, paikoilleen, ja vihellys kuului.

Kaikki tapahtui niin nopeasti, ettei kukaan oikein osannut sanoa vastaan tyttöpelaajista. Alkoi vain armoton juoksukilpailu, tiesin voittavani ainakin muutaman, mutta Toni voisi olla minulle kova vastus. Ja kun käännyttiin talolta takaisin, tytöt menivät menojaan, kahdesta ensimmäisestä ei tullut minkäänlaista kilpailua. Lopulta, kun kaikki oli ylittäneet taas puistossa maaliviivan ja saanut hieman hengitystä tasaantumaan, niin Jykke ilmoitti.

- Eli, juoksukisan voittajat, Sanni ja Salla ovat joukkueessa. Käsi ylös ketkä muut haluavat myös kuulua joukkueeseen.

Kaikki nostivat kätensä, myös Nefi ja Salah, vaikka eivät ihan ymmärtäneet miksi.

- No niin, hienoa, nyt meillä on joukkue, joka edustaa koko meidän hienoa aluetta ja kaikkia sen ihmisiä. Yrittäkää vaikka aina vuorotellen kertoa noille pojille, mistä puhutaan. Ei se haittaa, jos eivät kaikkea ymmärrä, pelijutut ovat niitä tärkeitä.

- Lauantaina on sitten tuossa omalla kentällä yhdeltä harjoitukset, vain hyvällä syyllä saa olla poissa.

- Jalka poikki voisi olla hyvä syy, Laakso ilmoitti ja kaikki nauroivat, tytöt yritti selittä vitsiä Salahille.

- Mutta nyt teidän pitää ilmoitella minulle koko nimenne, osoitteenne, pelipaikkanne, jos tiedätte.

27

Kaikki kävivät vuorollaan Jykken ja Arskan luona kertomassa tietonsa, hieman jännityksellä odotettiin mitä olisi vielä tulossa.

- No niin, sellainen pieni testi vielä, niin saatte huomiseksi kotiharjoitteen, jokainen henkilökohtaisen sellaisen.

Tästä minä pidin toden totta, kunnon harjoituksia ja kotiläksyjäkin vielä, tulisi hieman kilpailua keskenään.

-Kaksi joukkuetta ja pienpeli käyntiin, Arska on laittanut jo jonkinlaiset maalitolpat molemmille joukkueille. Ja aina kun pelataan, niin tytöt eri joukkueisiin ja tummat pojat myös, opitte silloin enemmän toisistanne.

Pelailtiin peliä Jykken ja Arskan katsoessa sivulla, kaikki yrittivät itse tehdä maalia näyttääkseen taituruutensa. Mutta se olikin aivan väärin pelattu, olisi pitänyt syötellä ja pitää palloa kauemmin, eikä aina heti menettää.

Jykke pyysi vuoroin jokaisen luokseen ja antoi henkilökohtaisia ohjeita, minunkin vuoroni tuli.

- Jasu kuule, kun rakennat peliä siinä keskikentällä, sinun pitäisi aina nopeasti punnita missä on vastustajan heikko kohta. Ja jos ei sellaista löydy, niin liikuttelette palloa vaan edestakaisin, ilman riskienottoa. Jossain vaiheessa kaikki vastustajat eivät jaksa tai viitsi seurata omaa pelaajaansa, silloin on sinun aika loistaa syötöillä ja valita sieltä se sopiva väylä edetä. Huomenna harjoittelet käännöksiä, niin, että suojaat palloa koko ajan kropallasi, ne pitää sitten peleissä sujua nopeasti.

- Selvä, vastasin, Jykke näytti vielä mallia.

- No niin, se tältä päivältä, olisiko jollain vielä jotain kysyttävää?

- Minä ajattelin, että joukkueen nimi olisi Fc Ratinen, vastasin.

- No sehän on hieno nimi, sopii varmaan kaikille. Minä ilmoitan huomenna joukkueen mukaan kilpailuun.

- Lauantaina sitten yhdeltä kentälle ja kaikki pallot mitä löytyy mukaan. Arska näytti Nefille ja Salahille kelloa, yhtä sormea ja selitti lauantaista.

- One o'klock rock on Saturday, Elvis selvensi.

Lähdettiin Valtsun kanssa kotiin päin, juteltiin vielä joukkueesta.

- Aikamoinen porukka kasassa, kaksi tyttöäkin.

- Ne on kyllä nopeita, jos vielä pallo pysyy niiden mukana ja sitten syöttävät vaikka Elvikselle, niin kyllä me maaleja tehdään.

- Näitkö ne tummat pojat, Nefin ja sen Salahin, ovat tosi taitavia pallon kanssa. Alan jo kuvitella, että meillä on mahdollisuuksia pelata ihan tasaisia otteluita.

- Kyllä meidän pitää joku peli voittaakin, vastasin.

- Nähdään lauantaina.

Perjantai oli onneksi lyhyt koulupäivä, minä en meinannut pysyä nahoissani. Oli kaikki luvattu, ettei kerrottaisi vielä

29

meidän joukkueesta kenellekään. Meidän joukkueen tytöt, Sanni ja Salla kävivät juttelemassa minun kanssani. Heistä oli kiva, kun pääsivät mukaan joukkueeseen. Minä kehuin heitä, kun olivat niin nopeita, kysyin mitä he saivat ohjeekseen harjoitella. Mitä muuta kuin, että pallo pitäisi pysyä mukana kovassa vauhdissa. Kerroin meneväni illalla puistoon reenaamaan omia harjoitteitani, tytöt aikoivat myös tulla sinne.

Puistossa tein käännöksiä, uudestaan ja uudestaan. Jalkapalloharjoitteita pystyin tekemään, vaikka kuinka kauan, en koskaan kyllästynyt, koulutehtävien kanssa olikin sitten toinen juttu.

Toni tuli Elviksen kanssa puistoon, siinä oli hyvä harjoittelupari, kun toisen piti tehdä maalivahti- ja toisen laukaisuharjoituksia.

Sitten puistoon tuli tytöt, molemmilla vieläpä omat pallot mukana. He aloittivat varovasti kuljettelemaan, pallot vaan tuntuivat karkailevat ajoittain. Menin heidän kanssa juttelemaan.

- Mistä se Jykke teidät poimi mukaan?

- Salla asuu sen naapurissa, me on pienestä asti saatu potkia palloa hänen takapihalla, siellä on oikea maalikin.

- Mutta meillä on aina ollut vähän pienempi pallo kuin nyt, tämä taitaa olla jo nelonen kooltaan.

- Ääh, siksi tämä on vaikeaa, pitää totutella tähän isompaan, kuului Sannin suusta.

30

- Voisiko saada hieman neuvoa tähän touhuun, Salla huusi muille.

- Jasu neuvoo, meillä on tärkeä juttu menossa.

Näytin oman pallon kanssa ja muistelin omia ohjeita, joita olin aikanaan saanut valmentajilta.

- Aletaan ensin työntämään palloa päälijalalla kevyesti eteenpäin, kuvitellaan, että pallo on kuin liimattu kenkään, se ei saa missään vaiheessa lähteä kauas jalasta.

Harjoitus teki ihan hyvää itsellekin, hieman muistella oikeita kuljetustapoja.

- Sitten kun liikutaan kovaa ja jos edessä ei ole ketään vastustajaa, annetaan itselle pitempiä syöttöjä. Juoksemaan pystyy aina nopeammin ilman palloa, mutta aina ensimmäinen kosketus palloon pitää olla pehmeä.

- Vain pehmeitä kosketuksia sinä tytöille opetat.

Se oli Valtsu, joka seisoi koko loppujoukkueen kanssa takanani, jopa Salah ja Nefi oli paikalla.

- Käytiin Paten kanssa hakemassa ulkomaan vahvistuksetkin tänne, niin oppivat käymään täällä harjoittelemassa.

Sitten alkoi kilvan harjoitteleminen, muut teki omia juttuja, minä tyttöjen kanssa kuljetusta, tosi aina välillä tein käännöksen Jykken ohjeiden mukaan. Tajusin, että tyttöjen olisi opittava tuo kuljetus, siitä olisi valtava apu joukkueelle.

Lopuksi pelattiin, nyt jokainen yritti syötellä, eikä heti koetettu saada maalia. Ei se edes tuntunut kovin tärkeältä, syötteleminen ja pallon pitäminen omalla joukkueella oli hauskinta.

- Tanne tanne, huusi Salah.

- Hyva joukkue, kannusti Nefi ja kaikilla oli hauskaa.

Lopulta ilta vei voiton ja jokainen lähti kotiinsa odottamaan joukkueen ensimmäisiä harjoituksia.

Sekalainen seurakunta kokoontui kentälle, kaikilla oli eriväriset paidat, shortsit tai verkkarit. Palloistakin jotkut olivat erikokoisia, osasta vain puuttui ilmaa. Mutta pelaajat puhkuivat intoa ja kaikkia jännitti niin, että melkein asennossa seistiin, kun valmentaja saapui paikalle.

- Terve vaan, hienoa, kaikki ajoissa paikalla. Mennäänpäs tuonne kopin rappusille istumaan ja jutellaan ensin hieman.

Kentän laidalla oli vanha graffiteja täyteen maalattu pukukoppi, jossa sai talvella lämmitellä ja laittaa luistimia, kun se kenttä oli jäädytetty.

- No niin, kerron teille vähän toiveita, muistakaa nämä ei ole sääntöjä, vaan sellaisia suosituksia.

Kari oli tullut Nefin ja Salahin mukaan, helpotti keskustelua, kun hän osasi nopeasti tulkata pojille ne asiat mitä he eivät ymmärtäneet.

- Kaikki ovat joukkueessa yhtä arvokkaita ja tärkeitä pelaajia. Jos joku tekee maalin, se tarkoittaa aina, että koko joukkue teki sen, ei vaan pelkästään se viimeistelijä. Vastaavasti myös, jos päästetään maali, silloinhan vastustaja on päässyt koko joukkueen läpi, eikä se ole pelkästään maalivahdin vika.

- Jokainen yrittää aina parhaimpansa, se riittää. Jykke piti pienen tauon ja hänen katseensa kiersi kaikki pelaajat, jokainen kyllä kuunteli tarkasti.

- Kannustetaan, autetaan kaveria, myös silloin kun joku hieman mokaa, silloinhan sitä eniten tarvitsee.

- Lopuksi, tämän pitää olla hauskaa, harjoittelemisen ja pelaamisen. Voitetaan tai hävitään, niin päät eivät painu, vaan ollaan koko ajan ylpeitä omasta joukkueesta.

- Ja sitten kun tehdään maali, koko joukkue riemuitsee sitä, eikö vain?

"Kyllä huudot" kuului kaikkien suusta.

- Nyt harjoittelemaan, ei tässä koko päivää voi vain höpistä joutavia.

- Alkulämmittelynä kuljetetaan palloa kaksi kertaa kentän ympäri, sitten venytellään.

- Ei juosta liian kovaa vielä, tämä on vasta lämmittelyä, käyttäkää molempia jalkoja, kuului vielä ohjeita.

Jykke opasti kaikki venytykset ja kertoi niin tärkeydestä, ei loukkaantuisi ja pystyisi parempiin suorituksiin.

Sitten alkoi itse harjoitukset, syöttelyä, kuljetusta, laukaisuharjoitusta ja vielä seinäsyötön opettelua. Minulle ne oli kaikki tuttuja, mutta osalle kaikki aivan uutta opittavaa.

- Seinäsyötössä palloton pelaaja tulee ja tekee seinän pallolliselle, yleensäkin pallottomat pelaajat ovat hyvin tärkeitä kentällä.

- Sen kun muistatte, että pienessä liikkeessä olette koko ajan, etsitte itsellenne vapaita paikkoja, että teille voisi syöttää. Liikutatte samalla vastustajia ja teette tilaa toisille, varsinkin sille, joka kuljettelee siellä.

Lopuksi pelattiin, Arska meni toiseen maaliin ja Jykke tuli myös peliin mukaan. Arska oli liian kankea maalivahdiksi, päästi lähes kaikki laukaukset. Jykke puolestaan ei kuljetellut, eikä laukonut ollenkaan, vaan antoi aina syötöt heti yhdellä kosketuksella taikaisin jollekin pelaajalle.

- Kiitos, riittää, loppuvenyttely. Se pitää sitten tehdä hyvin, muuten te olette huomisissa harjoituksissa ihan puupökkelöitä.

- Onko meillä huomennakin harkat? Sanni kysyi, äänessä oli enemmän innostusta kuin harmitusta.

- Ensimmäiseen peliin ei ole kuin viikko aikaa, ajattelin että ehtisimme harjoitella neljä kertaa ennen peliä, siis tämä kerta mukaan lukien. Huomenna, sitten tiistaina ja torstaina, lauantaina olisi se turnauksen avauspäivä.

- Nyt on hommassa tekemisen meininkiä, Toni sanoi ja kaikki nauroivat.

- Onko se otteluohjelma ja mukaan tulevat joukkueet jo julkaistu?

- On, saatte huomenna aikataulut, Arska monistaa ne.

34

- Mikä joukkue on meidän ensimmäinen vastustaja?

- Korkeakankaan Pamaus.

- Vai Pamaus, sehän siitä lähteekin, kun laitetaan niiden verkot tötterölle, Elvis veisteli.

- Minkälainen joukkue mahtaa olla se Korkeakangas, Jykke kyseli.

- Ei siellä ole kuin pari Jopsin pelaajaa, Valtsu ilmoitti.

- Me voitaisiin suunnitelle joukkueelle kannustushuuto, se kun ne aina ennen alkua kokoontuu rinkiin ja huutavat kovaa, ennen kuin menevät kentälle.

- Hyvä tytöt, kaikki joukkueen puolesta, Arska totesi.

- Nyt sitten tänään ei ollenkaan pallon kanssa, mutta sellaisia mielikuvaharjotteita voitte tehdä.

- Mitä ne sellaiset on? Pate kysyi.

- Niitä voi tehdä, vaikka illalla kun menee nukkumaan, kuvittelee itsensä sinne peliin pallon kanssa ja sitten miettii mikä olisi oikea ratkaisu. Esimerkiksi kun näkee mielessään oman hyökkääjän vastustajan vieressä, niin syöttääkö sille vai kuvitteleeko sen tekevän siihen sen seinäsyöttöpaikan. Ja tietysti kaikki kuvittelee itsensä sinne maalintekoon ja koko stadion hurraa.

- Minä en oikein voi, kun olen itse maalissa, Toni hieman allapäin sanoi.

- Sovitaanko jos tulee rangaistuspotku, Toni saa vetää?

- Sovitaan vaan, silloin on kaikilla mahdollisuus tehdä maali, Valtsu sanoi.

- Nyt sitten kaikki kotiin ja miettikää joukkueelle kapteenia, valitaan sekin huomenna.

- Tule Kari aina paikalle, kun vain pääset, sinusta on tulkkauksessa iso apu joukkueelle, voisit olla vaikka joukkueenjohtaja.

- Se kuulostaa hienolta, minä kyllä tulen Salahin ja Nefin kanssa.

Jokainen lähti intoa puhkuen, meillä on hieno joukkue kasassa, valmentaja ihan huipulta, huoltaja ja vielä joukkueenjohtajakin.

Toiset harkat heti sunnuntaina, taisi kaikki olla paikalla jo tuntia ennen harjoitusten alkua. Tytöt esittivät heidän ehdotuksensa tsemppihuudoksi. Yksi huutaa ensin "FC" ja sitten muut, "Ratinen", sen kaikki hyväksyivät ja hoilattiin se vielä, kun aikuiset tulivat paikalle.

- Kuule Jykke, minusta Jasu kapitano, kovasti rohkea kaveri, sanoi Salah.

- Minä taas ehdottaisin Tonia, tärkeä pelaaja joukkueelle, sanoin vastaväitteeksi.

- Onko muita ehdotuksia, jos ei sitten äänestetään.

Minä voitin äänestyksen 6-2, Sanni äänesti myös Tonia.

- No Toni on sitten varakapteeni, sanoin.

- Nyt on sitten keskustelut käyty, alkulämmittelemään kenttää ympäri ja venyttelyt.

Kuljeteltiin taas pallon kanssa, nyt kaikki meni jo hitaammin, alkoi pallokin pysyä jopa tyttöjen matkassa.

- Ettei kukaan luule kapteenin hommia pelkäksi juhlaksi, niin Jasu saa näyttää mallina muille venyttelyt.

Jykke ja Arska lähtivät laittamaan tötsiä, eli sellaisia merkintälätkiä tulevaan harjoitteeseen, niillä voisi merkitä vaikka pelipaikan kulmapotkussa tai kuljetuksissa niitä pujoteltiin. Arvasin oikein, harjoiteltiin kulmapotkuja ja vapaapotkuja. Jokaiselle tuli sovittu paikka ja kun potkaisija oli valmis, lähti etutolpalta pelaaja juoksemaan kaaressa taakse ja takana olevat pelaajat säntäsivät, tasaisin välein eteenpäin. Siinä olisi vastustajilla pitelemistä meissä.

- Muistakaa ettette ole liian lähellä toisianne, yritetään niin että melkein joka kohdassa on meidän pelaaja ja sitten rohkeasti vain päällä pusku maalia kohti.

Vapaapotkussa olimme ryhmittyneet maalialueen reunalle, syöttöä yritettiin puolustajien ja maalivahdin väliin. Valtteri laukaisi ja onnistuikin niissä melkein joka kerta.

- Muistakaa tässä, että jokainen on myös lähdössä puolustamaan, jos vastustaja blokkaa laukauksen tai jotain muuta sattuu.

- Elvis, seuraa jatkolaukauksen loppuun asti, maalivahti voi torjua eteensä tai pudottaa pallon.

37

- Siinä oli nuo erikoistilanteet, vain sen verran niitä ehditään jatkossa käydä, että katsotaan, muistatteko paikanne niissä.

Pääpeliharjoituksessa ensin lyötiin itse palloa otsaan, sitten heitettiin aina vain korkeammalle ja puskettiin.

- Lopuksi ennen peliä vielä laukaus maalia kohti ja Toni heittää pitkän avauksen, joka yritetään saada mahdollisimman hyvin haltuun. Sitten kuljetus, pujottelu ja syöttö aina seuraavalle, jolla ei ole palloa.

Loppupelissä maalia ei saanut tehdä ennen kuin pallo oli käynyt jokaisella oman joukkueen pelaajalla. Se olikin yllättävän vaikeaa, mutta opetti meitä syöttelemään keskenään.

- Hienoa, kiitos taas kaikille. Tulkaa hakemaan ne otteluohjelmat, niihin on kirjoitettu mihin aikaan pitää olla siellä kentällä.

- Kari, katsothan, että pojat ymmärtävät aikataulun ja tietävät missä pelit on.

Kari alkoi selittämään suomea ja välillä varmaan sitä poikien kurdikieltä, mutta aikamoiselta sekamelskalta se kuulosti muilta.

Minä vilkaisin heti peliohjelmaa, eniten minua kiinnosti koska pelaisimme Pietarin ja Kallen Nivan joukkuetta vastaan. Se oli koko sarjan viimeisenä, me ehtisimme kehittyä siihen mennessä paljon.

- No niin, nyt kotiin ja muistakaa, hyvät pelaajat tekevät myös läksynsä, silloin pelitkin luistavat paremmin, kun koulu sujuu.

- Elvis has left the building, lausui meidän Eetu.

3. Harjoitusta, harjoitusta.

Koulussa suurin puheenaihe oli osallistuvat joukkueet, ainakin minusta tuntui, että muutamia kiinnosti eniten meidän alueen pelaajat.

- Keitäs muita teillä on kuin Eetu, Valtteri ja sinä? Sitä kysyivät ensin Kalle ja Pietari, sitten Korkeakankaan pojat ja lopuksi vielä Yhtylän pelaajat, jotka oli saaneet kuulemma valmentajakseen koulun liikunnanopettajan.

Kaikille kerroin samalla lailla, että kyselin vain, keitä satuin näkemään, en edes tuntenut niitä tai tiennyt osaako ne pelata. Siinähän oli ainakin toinen puoli totta.

Opettajani oli kyllä tyytyväinen, olin tehnyt kaikki läksyni ja vielä hyvin. Hän katseli pää kallellaan minun laskennon kotitehtäviä, nyökytteli hyväksyvästi.

- Hienoa Jasu, kunpa jaksaisit aina noin hienosti tehdä.

Tuntui kieltämättä hyvältä, ei opettaja hirveän usein minua kehunut, jospa aloittaisin samalla lailla opiskelussakin uuden kauden, kuin jaliksessa.

Välitunnit olivat muilla pelkkää pelaamista, he kuulemma harjoittelivat. Liikunnan opettajakin kävi välillä poikia kehumassa. Meille Jykke ehdotti, ettei välitunneilla pelattaisi, vaan levättäisiin ja keskityttäisiin kouluun. Sillä lailla kaikki asiat olisivat hyvin päässä ja koulun jälkeen läksyt sujuisivat helposti. Sitten jäisi aikaa harjoitella joko omatoimisesti tai

40

joukkueen kanssa. Jykke oli taas antanut harjoituksissa vinkkejä omaan harjoitteluun, minulla se oli tänään vasemman jalan käyttö niin kuljetuksissakin kuin laukaisuissa.

Sitäpä se oli sitten läksyjen jälkeen, puistossa tietysti ja siellä oli kaikki muutkin. Nefi ja Salah oli ilman Karia, joten meidän piti opettaa heille uusia sanoja, sekös meistä oli hauskaa. Heidän aakkosissa ei ollut äätä tai öötä, siksi he lausuivat pyynnön "syötä", soota, suuta tai soita mulla. Lopulta mekin aloimme puhumaan hassusti, eikä meidän keskustelumme haitannut ketään.

Vasen jalka oli kyllä paljon huonompi kuin oikea, pompottelussakin käytin huomattavasti enemmän oikeaa, enkä molempia vuorotellen. Nyt siihen tuli muutos, aloin tekemään vasemmalla enemmän. Tyttöjen kanssa otettiin kuljetuskilpailu, minä vasemmalla jalalla pelkästään, he saivat käyttää molempia jalkoja. Voitin kyllä vieläkin, mutta vain niukasti, olivat taas parantaneet tekniikkaansa.

- Kuulin, että korkeakankaan pojat harjoittelisivat seitsemältä heidän kentällään, mennäänkö vaklaamaan? Valtsu ehdotti.

- Hyvä idea, nähdään mitä ne osaa, vastasin.

- Siinä kentän vieressä on sellainen leikkipuisto, jossa on joku rakennelma, sieltä voisi kurkkia kentälle, sanoi Sanni.

- Mutta ei sinne koko joukkue mahdu kurkkimaan.

- Ketkä lähtee Jasun ja mun mukaan? Valtsu kysyi.

- Me tullaan Sallan kanssa.

Mentiin pyörillä, jotka jätettiin leikkipuiston ulkopuolelle, sen takana olevalta kentältä kuului jo harjoittelun ääniä. Me kiivettiin lasten leikkilaivan hyttiin, joka oli hieman korkeammalla, sieltä näkyi hyvin kentälle. Poikia oli kymmenen, tunsin heistä kaksi, Paulin ja Matin. Tiesin toki muitakin, mutta nämä tunnistin Jopsin pelaajiksi. Valmentajana oli varmaan jonkin pelaajan isä, myös valmentajan oli asuttava alueella, mistä joukkue kasattaisiin.

He tekivät muutamia syöttöharjoituksia, sen jälkeen laukoivat heidän pienelle maalivahdilleen. Lopuksi se valmentajana toimiva henkilö näytti henkilökohtaisesti pelaajille heidän pelipaikkansa kentällä.

- Minä olen nähnyt tarpeeksi, sanoin.

- Joo, mennään vaan, eivät huomanneet meitä.

- On kerrottavaa huomenna valmentajalle, pitäisi varmaan yrittää aina käydä vakoilemassa vastustajia.

- Kaksi joukkuetta on kylläkin kaupungin ulkopuolelta, sinne ei päästä, muita voitaisiin käydä vilkaisemassa.

- Tehdään sellainen tavoite, että kaikki ottaa salaa selville muista joukkueista niin paljon kuin vain näkee ja kuulee, sitten harkoissa yhdistetään tietomme.

- Joo, aloitetaan heti huomenna koulussa.

- Nähdään siellä.

Koulussa minulta taas yritettiin urkkia tietoja meidän joukkueesta, juksasin samalla lailla kuin eilenkin. Selvästi näki,

42

ettei toiset ottaneet tosissaan meidän porukkaa, kertoivat vielä auliisti kakkien omien pelaajien nimet. Kellään ei oikein ollut montaa varsinaista pelaajaa, kolme tai korkeintaan neljä, niin kuin Nivalla, Nivan Palloseuralla. Toivottavasti muut olisivat saaneet vähän vihiä niistä kaupungin ulkopuolisista, maaseudun joukkueista.

Harjoitusten alussa meillä oli hirveä keskustelu, kaikki kertoi yhteen ääneen omia tietojaan toisista joukkueista.

- Lauantainahan te näette kaikki vastustajat, kaikki pelit ovat peräkkäin.

- Jykke, me käytiin eilen hieman vilkaisemassa sen vastustajan, Korkeakankaan harjoituksia.

- No miltä ne näytti?

- Niillä on tosi lyhyt maalivahti, meidän kannattaisi harjoitella laukomaan ylös, Valtsu sanoi.

- Sitten näin, kun se valmentaja teki heidän kokoonpanoaan, vähän oudosti laittoi molemmat parhaat pelaajat samaan laitaan. Vasemmalla peräkkäin, toinen keskikentällä ja toinen hyökkäämässä.

- Tuo on hyvä tieto, ehkä hän kuvitteli heidän pystyvän siellä lailla saamaan pallon nopeasti laitaa pitkin ylös.

- Mutta nyt taas harjoitellaan, alkulämpö ja kapteenin ohjeistuksella venyttely.

En minä kenenkään käskenyt tehdä niitä, ne saivat matkia, jotka halusivat, Toni teki ainakin maalivahtina ihan omia juttuja.

- Tänään ohjelmassa meillä on uusi harjoite, seinä kolmannelle. Jokainen opettelee sen kaikki pelipaikat, eli vaihtelette syöttöpaikkoja. Toni avaa ensin laitapakille, Nefille, joka syöttää seinän, tässä tapauksessa Valtterille. Valtteri antaa suoraan yhdellä kosketuksella sen laitahyökkääjän etupuolelle. Sellaisen juoksupallon, siihen sitten pelissä kirmaisevat meidän tuulen nopeat tytöt ja päästyään päätyyn, he syöttävät keskelle, josta lauotaan suoraan maaliin.

Taas oli harjoituksissa hienoa menoa, kaikki yrittivät aivan tosissaan oppia meidän pelikuviot. Tehtiin vielä se sama harjoite toisella laidalla, taas paikkoja vaihtaen.

- Loppuvenyttely ja jaan taas halukkaille huomiseksi omia harjoitteita, kättä ylös ken haluaa, Jykke sanoi ja kaikki kädet nousivat.

Minua hän neuvoi kertaamaan niitä vanhoja juttuja ja opettelemaan pari harhautusta, ne kuulosti hyvältä. Kuulin kun tyttöjä kehuttiin ja heidän piti opetella poikittaissyöttö juoksuvauhdista. Se olisi tärkeää juuri tuohon tämänpäiväiseen harjoitukseen ja siihen että saisimme maalipaikkoja peleissä.

- Huva paeva tanaan, huva harjoittelu, Toni vitsaili Jykkelle, joka ei voinut olla nauramatta.

Kerrottiin, että me on juteltu hassusti jo ennenkin, eikä pojat välitä siitä, kyllä me ne vielä puhumaan opetetaan.

Sitten Arska ja Kari pyysi kaikki pelaajat kopin rappusille istumaan, Kari halusi kertoa hieman noista maahanmuuttajista.

44

- Niin, nämä pojat, heidän perheensä ja tuolla heidän alueella asuvat muut ulkomailta tulleet perheet ovat turvapaikanhakijoita.

- He ovat lähteneet sieltä kotimaastaan pakoon sotaa ja vääryyttä, pelänneet oman henkensä, sekä perheenjäsenien puolesta.

- Haluaako pojat sanoa jotain, Nefi?

- Muistaa kun oli talvi, ei puita hellaan, kulma koko aikan. Ruoka loppu, vesi likainen, pelottaa koko aikan kun aseet paukkuu, Nefi sanoi niin surullisena, että jokainen hiljeni ja vakavoitui.

- Ei tästä sen enempää, haluttiin vain kaikkien tietävän, miten poikien asia on. Siellä koulussa voi tulla kaikenlaisia kyselyjä ja sanomisia, kun muut näkevät meidän joukkueen lauantaina. Se oli Arska, aikuiset osasi ajatella kaikenlaisia asioita.

- Meistä ne varmaan pilkkaa teitä, Sanni sanoi.

- Sitten haette Tonin paikalle selvittämään asiat, Toni hieroi taas nyrkkejään.

- Harjoittelette hienosti, pelaatte hyvin, mutta myös käyttäydytte fiksusti, eikö vain. Pelkurit keksii kaikenlaisia juttuja satuttaakseen toisia, ihan vain suojellakseen omaa tyhmyyttään, sanoi Kari.

Se oli hienosti sanottu, siihen lopetimme siltä erää, kaikki sai hieman ajateltavaa kotimatkalle.

Liikunnanopettajan käytös oli kyllä turhamaista toisia oppilaita kohtaan, valmensi jo tunnilla Yhtylän pelaajia, vaikka ei minusta opettaja tiennyt valmentamisesta yhtään mitään.

Pelattiin kuitenkin niin, että opettajakin oli mukana ja koko ajan kertoi pelissä mitä heidän poikien pitäisi tehdä. Ei siinä jäänyt paljoa mielikuvitukselle tilaa, niin kuin Jykke kehotti meitä välillä tekemään, ettei menisi liian jäykäksi peli.

Yhdellä tunnilla en saanut jalkapalloa pois mielestäni, niin tein sellaisia pelikaavioita ja sarjataulukoita valmiiksi, niihin sitten lisäisi vain joukkueet ja tulokset, pelattujen otteluiden jälkeen.

Iso joukko poikia, jotka pelaisivat sarjassa, oli koulun käytävän aulassa, kun menin siitä ohi.

- Jasu kuule, kuului huuto, se taisi olla Pietarin ääni.

En vastannut, käännyin vaan katsomaan.

- Me on jo päätetty, että Nivan palloseura ja Korkeakankaan pamaus pelaa loppuottelussa.

Paikalla oli myös Matti, Pauli ja joitain muitakin Korkeakankaan pelaajia, jotka yhtyi Pietarin nauruun. Hymyilin vain, olin joskus kuullut, ettei yhtään peliä ollut voitettu etukäteen.

- Joo, saatte meiltä selkäänne lauantaina, Matti ylpeili.

- Hyvä tietää, niin ei sitten harmita, vastasin ilveillen.

- Tulkaa kaikki katsomaan peliä, näette sitten oikein kunnon maalijuhlan.

Kuulin kun useampi aikoi tulla peliä katsomaan, nyt tuli heti ensimmäiseen otteluun aika lailla panosta.

Tytöt oli hyviä harjoitusvastustajia puistossa, kun tein harhautuksia. Minä taas annoin heille hyvää vastusta kuljetusharjoituksessa, hiekkapolkuja pitkin koko puiston ympäri. Toisella kerralla annoin heidän voittaa, se nosti molempien itseluottamusta roimasti.

- Toni, aikovat kuulemma pitää maalijuhlat lauantaina, kertoivat koulussa.

- Vai juhlat, te pidätte huolen siitä, että teette maaleja, minä en aio päästää yhtään maalia, Toni iski nyrkkiä toiseen käteen vihaisesti.

- Hyvä Toni, juuri niin, Elvis kannusti.

- Ehkä olisi parempi, jos valmentaja laittaisi meistä vain toisen kerralla kentälle, Salla ilmoitti mielipiteensä.

- Jykke kyllä tietää mitä tekee ja se sopii kaikille, sanoin.

- Huomenna on viimeiset joukkueen harkat ennen pelipäivää, alkaa jo vähän jännittämään, Sanni sanoi.

- Mutta tämä on tosi kivaa, kun meillä on näin hieno joukkue kasassa, Salla säesti vieressä.

Sitten raikui taas puistossa äf cee Ratinen, äf cee Ratinen.

Minua hymyilytti tyttöjen iloisuus, heitä ei näyttänyt ollenkaan harmittavan, vaikka eivät osaisikaan kaikkia juttuja, kunhan saisivat vaan olla mukana.

Torstain viimeinen joukkueharjoitus alkoi iloisella yllätyksellä. Arska oli hommannut pelipaidat, tai paremminkin peliliivit. Oli sekä keltaiset, että valkoiset ja molempia värejä oli kaikille. Tänään harjoituksissa olisi loppupelissä joukkueet puettu erivärisiin liiveihin. Niissä oli hauska mainos etupuolella, Hujasen pyöräkorjaamo, sellaista ei enää ole ollut pitkiin aikoihin. Minä sain peliliivit, joissa oli numero seitsemän. Se oli minun oma toivomus, kun kaikilta kysyttiin toiveita. Seitsemän oli minun suosikkini, Leedsin Peter Lorimerin numero ja se oli myös minulla Jouppilan Teräksessä.

Tänään harjoitus alkoikin joukkueen yhteisellä alkulämmittelyllä, tietysti peliliivit päällä. Kahdesta jonosta lähti aina ensimmäiset tekemään erilaisia suorituksia, näytimme ihan oikealta joukkueelta. Jykken mielestä harjoituksissa ja peleissä kaikkien kuului näyttää samanlaisilta pelaajilta, se kasvattaisi kuulemma joukkueen henkeä ja loisi yhteenkuuluvuuden tunnetta. Ei me pelaajat tuollaisia osattu ajatella, mutta olivat varmaan hyviä asioita.

- No niin, harjoitellaan vielä sitä seinäsyöttöä, tyttöjen keskityksiä ja maalintekoa. Olen varma, ettei vastustajat ota aluksi vartiointiin noita meidän tyttöjä, heidän nopeudella voidaan yllättää koko joukkue.

Sanni ja Salla naureskelivat ja hyppivät innostuneesti, he muka yllätyshyökkääjiä.

- Muistakaa, laukaukset ylös, ihan yläriman alle.

48

Hyökkäyskuvio oli niin yksinkertainen, että se oli helppo oppia ja voisi jopa toimia peleissä. Kulmapotkuissa Elvis oli laukaisijana, koska oli sen verran lyhyempi muita, eikä varmaan yltäisi puskemaan pidempien joukosta. Vapaapotkuja harjoiteltiin niin, että eri paikoissa oli aina eri laukaisija, minun vetopaikkani oli melkein keskellä.

Loppupelin jälkeen tuntui kuin kaikki mahdollinen oli tehty hyvin lyhyessä ajassa joukkueen eteen, lauantaina se nähtäisiin, riittäisikö se.

- Huomenna kukaan ei tee sitten mitään maraton suoritetta, siis sellaista että on vielä lauantainakin paikat jumissa, Jykke saarnasi.

- Jos harjoittelette...

- Totta kai me harjoitellaan, Pate keskeytti,

- Joo, mehän ollaan harkattu joka toinen päivä teidän kanssa ja joka toinen päivä keskenään, Valtsu kertoi.

Jykke hymyili ja sanoi jotain Arskalle.

- Olette te aikamoisia, no sanon tämän kuitenkin, eli muistakaa lämmitellä ja venytellä.

- Lauantaina sitten ajoissa paikalle, oma juomapullo mukaan ja paljon iloista mieltä, siitä tulee mukava päivä, kävi pelissä miten tahansa. Jykke katsoi vielä Nefiä ja Salahia, että ymmärsivät, pojat näyttivät peukkuja ylös.

Perjantaina puistossa hoidettiin viimeistely harjoitus, taas keskenämme. Minä keskityin pompotteluun, ajattelin saavani

49

palotuntuman mahdollisimman hyväksi. Salla ja Sannikin tulivat siihen viereen kokeilemaan, eivät vielä kymmeneen päässeet.

- Sä olet aika taitava tuossa, Salla sanoi.

- No olen harjoitellut tätä jo monta vuotta, alku oli minullakin vaikeaa, mutta sitten se lähti sujumaan kuin itsestään.

- Hei eikö nuo olekin Korkeakankaan pelaajia? Pate huusi ja näytti kaukaa pyörällä tulevia poikia.

- On ne, laitetaan pallot piiloon ja ollaan niin kuin leikittäisiin, eivät saa tietää, että harjoitellaan.

Tytöt menivät Nefin ja Salahin kanssa puistossa olevan ison muuntajan taakse piiloon. Elvis ja Valtsu juoksivat keinuihin, minä aloin Tonin kanssa pyöräilemään ympyrää puistossa.

Korkeakankaan pojat katselivat kiinnostuneesti puistoon päin, olisivatkohan he oikeasti halunneet nähdä meidän joukkueen pelaajat. Näytti ainakin sitä, että ihan varta vasten tulivat tänne ajelemaan, ei heitä ennen täällä ole näkynyt. Voi kun tietäisivät vain, että me käytiin jo vierailulla, heidän harjoitellessaan.

Kun vaara oli ohi, kaikki tulivat taas takaisin harjoittelemaan, naurettiin yhdessä aika makeasti.

- Ketä jännittää huominen? Sanni kysyi.

Salla nosti heti ensimmäisenä kätensä, Toni taisi olla ainoa, joka ei nostanut, eipä häntä pienet yhteenotot paljoa heilauttaneet.

- Jännitys on ihan hyväksi, pysytään vireänä koko ajan.

50

- Nyt lähdetään kotiin kaikki, huomenna sitten tosi kysymyksessä, yritetään parasta, Elvis kannusti kaikkia.

- Huuto vielä, tytöt pyysi.

Kiljaistiin niin, että varmasti koko alue kuuli sen.

- ÄF See Ratinen.

4. Pelit alkaa

Söin koko lautasellisen kaurapuuroa ja pari voileipää aamupalaksi, sen lisäksi tein vielä eväsleivät reppuun. En malttaisi olla kotona, vaan menisin jo hyvissä ajoin kentälle. Pelikengät olin jo illalla puhdistanut, valinnut ehjät sukat ja pakannut kaiken tarvittavan reppuuni. Sen sivutaskun vetoketjussa roikkui pieni nalle, joka oli parhaat päivänsä nähnyt. Sain sen ensimmäisellä pelikaudella palkinnoksi hyvästä harjoittelusta, olin silloin varmaan seitsemän vanha. Siitä lähtien se on ollut tuottamassa minulle onnea peleihin. Sama reppu on minulla myös koulussa ja jotkut pojat ovat siitä minua kiusoitelleetkin, mutta annan sen olla siinä niin kauan kuin vain kestää kulutusta.

Äiti toivotti vielä onnea peliin, siitä hän oli eniten huolissaan, ettei vaan loukkaantuisi. Jos hän saisi päättää, niin antaisi varmaan peleihin kaikille oman pallon, ettei tarvitsisi taistella siitä yhdestä ja ainoasta.

Kentällä kasattiin jotain kojua kentän viereen, taisivat pystyttää kahviota sinne. Mahtaakohan tänne tulla oikein katsojia, kun tuollaista meinaavat, ajattelin. Meidän sarjapeleissä oli varmaan keskimäärin kolme katsojaa, kaksi isää ja seuran puheenjohtaja, joka kävi kaikki pelit katsomassa.

Elvis oli ensimmäinen, joka tuli meidän joukkueesta paikalle, vielä olisi puolitoista tuntia pelin alkuun.

52

- Mihin tehdään leiri, hän kysyi.

- Mennäänkö tuonne jäähallin kupeeseen, puiden varjoon, ettei ala vielä päätä kuumottamaan.

Istuttiin alas ja kaiveltiin repuista pelikengät, minä otin juomapullosta huikan, se pitäisi vielä muistaa käydä täyttämässä ennen peliä.

Vastustajia alkoi tulla kentän toiselle puolelle, siellä oli myös Nivan pelaajia. Olivat sitten liittoutuneet keskenään, varmaan kannattivat molemmat toisiaan peleissä.

Tytöt tulivat Jykken ja Arskan kanssa, vilkutettiin niille, että huomasivat missä ollaan.

- Tämähän on hyvä paikka kokoontua, ei aurinkokaan suoraan paista päähän, mutta vielä se ehtii pelissä kuumottaa, kannattaa jo tankata vettä aina välillä. Jykke antoi heti neuvoa, olin huomaavani hieman jännitystä hänestäkin.

Lopulta kaikki muutkin tuli, myös Kari, joukkueenjohtaja ja tulkki oli paikalla.

- Jutellaan hieman kokoonpanosta, ennen kuin aletaan lämmittelemään, annan sitten lopullisia ohjeita vielä ennen peliä.

- Toni tietysti maalissa, puolustus vasemmalta oikealle, Pate, Valtsu ja Nefi. Jykke katsoi jokaista vuoron perään, ikään kuin hyväksyttäen sen pelipaikan.

- Keskikenttä vasemmalta, Salla, Jasu ja Sanni.

- Me molemmat yhtä-aikaa kentälle, Salla ihmeissään.

- Siinähän sitä yllätystä vastustajille, Jykke hymyili.

53

- Elvis aloittaa kärjessä ja Salah vaihdossa, mutta vaihdellaan pikavauhtia, kenenkään ei tarvitse olla pitkään vaihdossa.

- Ihan ok, minä tulen kentalle, vastustaja jo pikkasen vasunut, Salah analysoi asian positiivisesti.

Vastustajien puolella oli porukkaa niin paljon, että koko heidän puolensa kentänlaita alkoi täyttymään. Näytti olevan muiden joukkueiden pelaajia, koulusta oppilaita ja vieläpä pelaajien vanhempia mukana. Kovasti sieltä katseltiin meidän porukkaamme, yrittivät varmaan selvittää ketkä meistä olisi joukkueessa mukana. Kohtahan se selviäisi, kun aloitettaisiin lämmittely.

- No niin, aloitetaan lämmittelyt, ensin paririvissä mennään pallolle asti ja ensimmäiseksi Jasu ja Elvis, jotka näyttää mallia.

- Käykää kaikki venyttelyt, loikat, hypyt ja pikkaisen kiristätte tahtia koko ajan.

- Älkääkä turhaan katselko sinne vastustajiin, ihan sama ketä siellä on, me pelaamme aina omaa peliä, niin kuin on sovittu ja harjoiteltu.

Ensiksi mentiin kädet selän taakse ja kantapäät kosketti niitä, reidet venyi. Polvien nostoa, kolmen askeleen hyppyjä puskun kanssa. Sivuttaisaskelia saksaten molemmin puolin. Lonkan liikkuvuus aitajuoksijan tavoin, sisältä ulos ja ulkoa sisälle, Jykke oli opettanut siihen hienon parityöskentelyn. Lyhyet askellukset välillä hölkäten ja lopuksi spurtit. Sitten venyteltiin ihan kunnolla.

- Hyvältä näyttää pojat, ei kun siis tarkoitin pojat ja tytöt.

Kaikki nauroivat, se taisi tulla Jykken muistoista, kun on ennen valmentanut poikajoukkueita.

- Sitten vain syöttöharjoitusta, paljon kosketuksia palloon.

Elvis voisit lämmittää maalivahdin, tuli samalla sinun maalintekojalalle liikettä.

- Oh jeah, Elvis totesi.

Nyt oli jännitys huipussaan, niin kuin sarjapeleissäkin aina juuri ennen ottelua, yleensä se kaikki hävisi samalla kun peli alkoi.

- Hyvä, riittää, kaikki tänne.

Kokoonnuttiin rinkiin istumaan, kaikki aikuiset seisoi.

- Viimeiset neuvot, nauttikaa siellä, kentällä pitää olla kivaa.

Ei ole oikeita ratkaisuja kentällä, vain se mitä pelaaja tekee.

Virheitä tulee kaikille, ne unohdetaan heti ja yritetään uudestaan. Muistakaa yrittää niitä meidän harjoituksia, seinäsyöttöjä, tytöille juoksupalloja ja laukaukset ylös.

Jykke kääntyi kuin varmistaakseen katsomaan vastustajien maalivahtia, niin myös kaikki muutkin, se oli sama lyhyt kaveri.

- Siellä on tyttöjäkin, onko tämä jokin mimmiliiga, kuului kentän toiselta puolelta ja sen jälkeen kova naurunremakka.

- Tuosta hyvästä, Jykke osoitti huutajia sormella ja jatkoi.

- Tytöt näyttäkää heti alussa niille juoksunopeutenne ja taitavat syöttönne. Toni, heti kun saat pallon Nefin kautta

Valtsulle ja sitten pystyyn Sannille. Sanni huolellinen syöttö ja ei kun pallo maaliin.

- Nyt juoksette kopeille, täyttäkää juomapullot ja käykää veskissä kenen tarvis, peli alkaa kohta.

Tultiin kentälle takaisin, vastustajat kävelivät jo omalle puolelleen, meidän tytöt huusivat kaikki vielä kentän laidalle.

- Nyt se kannustushuuto, kaikki yhdessä ja kovaa, Sanni innosti porukkaa.

- Kolmannella, yks, kaks, äf, cee, Ratinen, raikui kentällä niin, että hetken oli kaikki ihan hiljaista, taisimme yllättää vastustajan jo ennen peliä.

Kävelin keskiympyrään kättelemään vastustan kapteenia ja tuomaria. Vastustaja sai aloituksen ja me otettiin se puoli missä jo oltiin.

- Reilu peli sitten, tuomari vielä hihkaisi molemmille.

Ottelu alkoi, tätä olin toivonut ja odottanut, me oltiin mukana sarjassa. Peli vei heti minut mennessään, kaikki ajatukset olivat kentän sisäpuolella. Vastustaja siirteli palloa sivusuunnassa laidalta toiselle, hieman helposti arvattavissa kenelle seuraavaksi. Olin kuin en näkisikään seuraavaa syöttöä, mutta kun kaverin jalka alkoi potkaista toiseen laitaan, niin käännyin salamana ja sain jalkani väliin.

Salla oli laidalla aivan vastustajan vierellä, hänelle ei voinut syöttää, niin oli Elviskin ylhäällä. Kaksi vastustajaa edessä, niin päätin kääntyä ja lähdin kuljettamaan omaa maalia kohden. Pate oli puolustuksessa vapaana, laitoin kovan syötön maatapitkin hänelle ja huusin.

- Anna seinä takaisin.

Ohitin yhden vastustajan ja sain pallon uudestaan, onnistuin saamaan kaikki vastustajat meidän kenttäpuoliskolle. Nyt olisi aika siirtyä hyökkäykseen, syötin Tonille, Vastustajat taisivat luulla meitä kovin epätoivoisiksi, kun pelasimme omaa maalia kohti.

- Toni, nyt oma kuvio, huusin ja lähdin vasenta laitaa pitkin juoksemaan ylös. Toni laittoi pallon aivan oikeaan laitaan Nefille, kaksi vastustajaa jäi jo jälkeen pallosta. Valtsu lähti auttamaan Nefiä ja sai nopeasti syötön keskemmälle. Hän laittoi samana tien seinän kolmannelle, eli pitkän pystyyn Sannille. Sanni pääsi heti puolustajalta karkuun, Elvis säntäsi maalin etukulmalle.

- Salla mene takatolpalle, jos tulee kaikkien läpi.

En tiedä muistiko Sanni, oli joskus harjoiteltu myös syöttöä toiseen aaltoon, vai oliko vahinko, mutta syöttö tuli suoraan minulle. Maalivahti lähti liikkeelle etutolpalta keskelle päin, minä otin varman päälle ja sisäjalalla pistin etutolpan viereen ylös. Voi mikä tunne, kun verkko heilahti, nostin kädet ylös ja hypin riemusta. Kaikki meidän pelaajat tuli juhlimaan minun ympärille, Tonikin juoksi maalista asti meidän luokse. Oli pelattu vasta muutama minuutti ja me johdettiin 1-0.

Hieman peli rauhoittui, vastustajan puolustajat olivat tarkkoina tyttöjen kanssa. Jykke vaihtoi Salahin Sannin tilalle. Nyt oli kentällä enemmän taitoa kuin juoksuvoimaa, pystyimme pitämään palloa pitkän aikaa omalla joukkueellamme. Vastustajakin sai tilanteita, peli oli sen verran nopeata, mentiin välillä päästä päähän. Toni teki muutaman hienon torjunnan ja yhden pallon jopa nyrkkeili syöksymällä.

Nefi meinasi tehdä maalin puolesta kentästä, sai vastapallon taaksepäin ja yritti siitä nostaa maalivahdin yli, ylärimaan kolahti. Salahin vuoro näyttää taitojaan, kikkaili kahden vastustajan ohi oikealla laidalla, pyysin syöttöä keskelle. Ihmeekseni, nosti kuitenkin hitaan pallon ylitseni, Sanni, joka oli tullut Sallan tilalle, oli aivan yksinään takatolpalla. Kärnäri tai ei, mutta hänen laukaus painui tolpan vierestä maalivahdin torjunta yrityksistä huolimatta verkkoon. Sanni teki maali, johdimme 2-0.

- Hyvä Sanni, kuului katsomosta jonkun tytön huutamana.

- Älä nyt niitä kannusta, se oli Pietarin ääni.

Tuomari puhalsi pilliin puoliajan merkiksi, päästiin hieman huilaamaan ja juomaan vettä.

Jokaisella tuntui olevan jotain sanottavaa, Jykke otti tilanteen haltuun.

- Suut kiinni joka iikka, istumaan, hengittäkää rauhallisesti, juokaa välillä. Nyt on aika huilata, levätä hetki. Peli jatkuu kohta, olette pelanneet hienosti. Nyt pitää vain muistaa pelata omaa peliä, tulosta ei kannata vielä ajatella. Yritetään hidastaa hieman peliä, käytetään palloa kaverilla ja saadaan takaisin, pelataan laitoja pitkin. Ei kannata yrittää maalia huonoista paikoista, menetetään vain pallo vastustajalle.

- No niin, tsemppihuuto taas, tuomari puhalsi jo.

Kentän toiselta laidalta kuului vielä kannustusta korkeakankaaan joukkueelle, "Nyt alatte pelaamaan", Pistäkäähän maaliverkot heilumaan".

Hyvin alkoi toinen puoliaika, pidettiin palloa, tehtiin pitkiä hyökkäyksiä, syöteltiin edestakaisin oikein nauttien pelistä. Vastustaja alkoi hermostumaan meidän kikkailusta, lopulta, kun Elvis pyöritteli vastustajan rangaistusalueella, hänet tönäistiin pois pallosta. Rangaistuspotku meille, käännyttiin katsomaan valmentajaa, Jykke osoitti Tonia, maalivahti tulisi laukomaan.

- Toni, muista sitten, että peli jatkuu, jos ei mene maaliin, juosten takaisin omalle paikalle, Arska opasti.

- Kyllä mä hoitelen.

Toni asetti pallon aivan kuin siinä olisi jokin korkeampi kohta, jonka päältä saisi hyvin laukaistua. Sitten vasen jalka pallon viereen ja siitä takaperin viisi askelta. Näin kuin tytöt pitivät peukkuja ylhäällä, mentiin Elviksen kanssa maalialueen reunoille kyttäämään mahdollista jatkopalloa. Sitä ei tullut, Tonin veto oli huikea, aivan oikeaan ylänurkkaan, maalivahti ei oikeastaan ehtinyt reagoida koko laukaukseen.

Kolmannen kerran oli joukkueemme hurraamassa.

Valmentaja oli neuvonut, että maalia pitää juhlia kunnolla, se on kuulemma sellaista psykologista pelinkäyntiä.

Nyt näytti hyvältä hetken meidän kannalta, mutta vain hetken. Vastustaja pääsi kahdella yhtä vastaan hyökkäämään, olimme varmaan maalin jälkeen liian varmoja pelin kulusta ja unohdimme puolustaa kunnolla. Maalia ei tilanteesta tullut, Mutta tuomari näki Tonin toisen käden rystysistä vuotavan verta, eikä antanut hänen jatkaa peliä.

Pidettiin nopea palaveri, kenestäkään ei tahtonut olla maalivahdiksi, lopulta Pate suostui, mutta varoitteli, että ei ole kovin hyvä.

Seuraavassa hyökkäyksessä vastustaja sai aikaan hyvän vedon, Pate torjui sen toiseen laitaan. Siellä oli kuitenkin vastustaja laituri ensimmäisenä, joka laukoi pallon verkkoon.

Tilanne oli 3-1 meille, mutta nyt oli asetelmat kääntyneet meitä vastaan, loppupelistä tulisi tosi vaikea.

Yritin katsoa kentän laidalle, mutta siellä ei näkynyt valmentajia, kuin Toniakaan, mitähän ne touhusivat.

"Kymmenen minuuttia" tuomari kertoi, kun kysyin jäljellä olevaa aikaa. Se tuntui kuitenkin pitkältä, kun vastustaja vyörytti hyökkäyksiään. Lopulta he onnistuivat toistamiseen, kulman jälkitilanteessa pallo jäi vapaaksi aivan maalin edessä ja joku sohaisi sen maaliin.

Vietiin taas pallo keskialoitukseen, mutta onneksi kentän laidalta kuului Jykken ääni.

- Tuomari vaihdetaan maalivahtia.

Toni oli saatu kuntoon, Pate juoksi iloisena pois maalista. Jykke käski Paten omalle paikalleen ja otti Elviksen vaihtoon kärjestä. Hetken teki mieli huutaa, etteikö toinen tytöistä olisi ollut järkevämpää loppupelin ajaksi, mutta luotin valmentajaan.

Tytöt olivatkin kentällä koko ajan vastustajan kiusana, he jaksoivat juosta ja olivat varmaan saaneet ohjeet häiritä koko ajan.

Päätösvihellys, uskomatonta, me voitimme heti ensimmäisen ottelun, varmaan kukaan tuolta kentän toiselta laidalta ei olisi tätä uskonut ennen peliä.

- Hienosti pelattu koko joukkue.

Arska, Kari ja Jykke kävivät taputtamassa kaikkia olkapäille.

- Miten te saitte tuon Tonin käden kuntoon? Kysyin.

- Taikakeinoilla, mentiin tuonne jäähallin taakse ja laitettiin hetkeksi pussillinen jäätä siihen haavan päälle, se auttoi.

Haettiin vielä pukuhuoneen ensiapukaapista laastaria, jota muuten meillä pitää olla seuraavassa pelissä mukana.

- Me lähdetään nyt Arskan kanssa voittokahveelle, te voitte jäädä katsomaan muita pelejä ja hieman arvioida niitä meidän tulevia vastustajia.

- Joo me jäädään tänne vielä, Toni ja Pate huusi yhteen ääneen. Jäätiin koko joukkue.

- Kuka tietää mikä seuraava peli on? Sanni kysyi.

- Päivän toisena pelinä on Lahnajoki vastaan meidän seuraava vastustaja, Yhtylän yllätys.

- Sitten pitääkin tarkkaan seurata niiden puolustajia, pärjääkö meille nopeudessa, Salla totesi.

Peli alkoi hyvin sekavissa merkeissä, ei oikein kummallakaan joukkueella ollut minkäänlaista selkeää kuviota, miten pelata. Molemmat vain lähti sellaisiin yksin hyökkäyksiin, niin pitkälle kunnes menetti pallon. Yhtylän yllätys, niin kuin heidän joukkueen nimi kuului, meni johtoon vastustajien puolustajien sähläyksellä. Syöttelivät pokittain oman maalin edessä ja siitähän oli helppo työ katkaista ja pistää pallo maaliin. Kauaa ei kuitenkaan johto kestänyt, kun Lahnajoki tasoitti, vieläpä hienolla laukauksella, niin kuin heidän joukkueensa nimikin velvoitti, Lahnajoen laukaisijat. Ensimmäinen puoliaika päättyi noihin tasalukemiin.

Kuulin kuinka liikunnanopettaja, joka toimi Yhtylän valmentajana, kehui omiaan vastustajaa paremmaksi. Pitäisi vaan alkaa potkimaan maalia kohti koko ajan, niin peli olisi sillä selvä.

Ei ollut sillä selvä, eikä voittajasta tullutkaan selvyyttä, peli päättyi ensimmäisellä puoliskolla tehtyihin maaleihin. Olin näkeväni opettajan jopa hieman raapivan päätään, kun ei saanut pelaajistaan enempää irti.

Mietin mielessäni, että tuo tulos tarkoitti meidän johtavan tällä hetkellä sarjaa. Yksi peli oli vielä tälle päivää jäljellä, Rytkyn pallo tuolta maalta vastaan Nivan palloseura. Nyt olisi sitten vuorossa nuo itseään mestarina pitävät luokkatoverini. Piti seurata tarkasti heidän pelitaktiikkaansa ja puntaroida heikkoja kohtia.

Rytkyllä oli pelaajia melkein kaksikymmentä, tosin suurin osa heistä oli muutamia vuosia nuorempia kuin sarjassa sai pelata. Taisivat haalia koko syrjäkylän lapset mukaan, niin ja vanhemmat huusivat kentän laidalla.

Ei auttanut huutokaan, kun Pietari vei ensin Nivan johtoon komealla kaukolaukauksella. Pian sen jälkeen Kalle pujotteli puolustajien välistä, tökäten pallon maalivahdin ohi tilanteeksi 2-0.

- Toni olisi torjunut nuo molemmat vedot, Pate totesi.

- Mihin muuten Toni hävisi, Salla ihmetteli.

- Sanoi lähtevänsä syömään ja puistoon harjoittelemaan, ei kuulemma viitsi katsoa, kun ylimieliset kakarat pelaa, Elvis kertoi.

- Lähdetäänkö mekin? Sanni kysyi.

Mennään vaan, kaikki totesi yhteen ääneen.

- Minä jään, haluan nähdä, miten tämä päättyy, ihan sama vaikka nuo örvelöt voittavat.

- Tule sitten kertomaan puistoon ja hae itsellesi pallo.

Ensimmäinen puoliaika oli jo tilanteessa 3-0, ei ollut vastusta noista Rytkyn pienistä pelaajista. Jotain säpinää sentään tapahtui heidän vaihtopenkillään erätauolla. Toiselle puoliajalle kentälle juoksi pari isompaa poikaa, olivat varmaan myöhästyneet pelin alusta.

Peli tasaantui hieman, isommat pelaajat pystyivät puolustamaan hyvin Pietaria ja Kallea vastaan. Aivan erän loppupuolella Pietari oli näyttävinään taitojaan nuoremmille, piti palloa ja harhautteli vastustajia. Syöttö Kallelle oli kuitenkin jo tapahtunut niin monta kertaa, että eräs pelaajista aavisti sen. Tuo pieni, mutta nopea sälli lähti kiitämään kohti Nivan maalia, kaikki vastustajat perässään. Iso maalivahti levitti jalkansa ja kätensä, näytti ettei jää mihinkään pallon mentävää aukkoa, mutta ovela hyökkääjä tökkäsi nappiksen kärjellä kesken kuljetuksen pallon maalivahdin jalkojen välistä verkon perukoille.

Jos paikalle olisi tullut joku asioista tietämätön, niin olisi luullut tuon joukkueen voittavan maailman mestaruuden, vähintäänkin tuon ottelun. Koko joukkueen tuuletus oli niin rajua, maalin tehnyt pelaaja juoksi vaihtopenkkinsä eteen ja kaikki muut tekivät suuren kasan hänen päälleen.

Jykke toitotti meille juuri tuota, että jokaista maalia pitää juhlia, varmaan samanlaiset ohjeet oli annettu Rytkyn pallossakin.

Menin ottelun jälkeen suoraan puistoon, voisin pelata hetken, mutta itse pallon pompottelu saisi tältä päivältä jäädä. Peli sopi muillekin, sellainen leikki peli, jossa jokainen yritteli kikkojaan, eikä maalit olleet niin tärkeitä.

Illalla tein paperille sarjataulukon ensimmäisen pelikierroksen jälkeen. Me oltiin toisena, tasapisteissä Nivan kanssa, mutta päästetty yksi maali enemmän. Lahnajoella ja Yhtylällä oli molemmilla yksi piste, Korkeakangas sekä Rytky nollilla.

5. Toinen sarjakierros

Maanantaina koulussa eniten peleistä tuntui puhuvan liikunnanopettaja, vieläpä uskoi oman joukkueensa, Yhtylän mahdollisuuteen voittaa mestaruus.

- Teillä oli niitä ulkomaalaisia poikia mukana, onkohan se sallittua, hän sanoi meille, kun istuin Valtsun kanssa rappusilla välitunnilla.

- Ihan ihmisiltä ne näyttivät, vaikka iho olikin tummempi, Valtsu tokaisi välittömästi takaisin.

- No en minä sitä, enkä millään pahalla, ajattelin vaan, että olisikohan tämä turnaus kuitenkin järjestetty niin kuin suomalaisille pelaajille.

- Äiti sanoi, että heistä tulee hetken päästä Suomalaisia, kunhan vain oppivat kunnolla kielen, sanoin.

- Ja mun mutsi sanoi, että jotkin rasistit voivat yrittää loukata teidän joukkueen pelaajia, Valtsu jatkoi.

- No eipäs liioitella, eikä teidän joukkueella voittoon asti ole kuitenkaan mahdollisuuksia. Oli teillä sitten ulkomaalaisvahvistuksia tai ei.

- Ehkei, mutta olisihan se hirveän noloa, jos joku häviäisi joukkueelle, jossa on maahanmuuttajia ja tyttöjä, sanoin aika ivallisesti.

Opettaja alkoi hieman hermostua, päätti poistua, mutta vielä sen piti jatkaa hölmöjä puheitaan.

- No sehän nähdään ensi lauantaina, pitää ottaa vielä selvää säännöistä, ettei vaan mikään joukkue fuskaa, hän totesi ja tarkoitti sillä noita meidän maahanmuuttajia.

Opettaja lähti ja jätti minut tosi kiukkuiseksi, miten aikuinen ihminen voisi olla noin ilkeä, että ei antaisi kaikkien pelata. Olikohan pelien voittaminen hänelle tärkeämpää kuin itse pelaajille, jotain sillä piti näyttää muille.

- Illalla harjoittelen puistossa uusia harhautuksia ja laitan koko Yhtylän joukkueen niin pyörälle, etteivät kotiin osaa, sanoin Valtsulle.

- Joo, nähdään taas siellä.

Menin puistoon Jykken kodin kautta, hän istuikin ulkona rottinkisessa tuolissa lukemassa sanomalehteä.

- Moi, olisi hieman asiaa, sanoin allapäin.

- No, mitäs nyt on sattunut?

Kerroin opettajasta koulussa ja siitä, miten se yrittäisi ehkä estää Salhin ja Nefin pelaamista. Eihän meillä silloin olisi koko joukkuetta.

- Kuule, istu alas, minä käyn sisällä soittamassa yhden puhelun.

Istuin odottamaan, mieleeni tuli jo harjoitusten loppuminen ja ettei pääsisi pelaamaan. Pelaaminen oli minulle kaikki kaikessa, ei se voittaminenkaan ollut niin tärkeätä. Mutta se liikunnanopettaja sai minut kiehumaan niin, etten ikinä haluaisi hävitä heille.

- Homma hoidossa, kaikki alueella asuvat saavat olla mukana, sanoi kaupungin liikuntavastaava, joka muuten on järjestänyt tämän jalkapallosarjan. Kehui myös meidän joukkuetta, kun on otettu mukaan niin tyttöjä kuin ihan uusia pelaajiakin.

- Kiitos Jykke, minä menen toisten kanssa puistoon harjoittelemaan ja kerron hyviä uutisia.

- Nähdään huomenna sitten illalla kentällä harkoissa.

Toiset oli jo puistossa, uutiset saivat joukkueen harjoittelemaan itsenäisesti entistä kovemmin. Opettajan sanat tekivät joukkueelle päinvastaista.

Cryff-käännös, jalkapohja käännös, vuorotellen ja katse ylhäällä. Niitä minä toistin varmaan satoja kertoja, alkoi sujua jo ilman miettimistä. Tytöt teki perusasioita, ihan järkevää opetella alussa kaikki harjoitteet kunnolla, eikä yritä liian vaikeaa juttua liian nopeasti. Muut pojat keksivät kokeilla pituusheittokilpailun. Yllätykseksi, Pate osasi viskaista sivurajaheiton melkein maalille, se pitäisi kertoa huomenna valmentajalle.

Tiistain liikuntatunnilla opettaja keksi jakaa oppilaat kahteen ryhmään, molemmille eri harjoitteet. Olimme Valtsun kanssa kuin puulla päähän lyötyjä, kun meille kerrottiin, että harjoittelisimme pesäpalloa ja se toinen ryhmä jalkapalloa. Näin kuulemma jatkaisimme vielä kuukauden loppuun, eli siihen asti, kun jalkapallosarja olisi ohitse. Eipä meillä ei ollut mitään vaihtoehtoa, oppilaan ääni vastaan opettaja, oli harjoiteltava pesistä.

Sisua se vaan kasvatti ja parempaa intoa illan harjoituksiin.

En viitsinyt koko asiasta valmentajille kertoa, oli aika keskittyä kunnon tekemiseen, eikä valittamiseen.

Harjoittelin kentällä kierrepotkuja, kun kuulin Arskan ja Jykken tulevan, tai pelaajien huutavan heille pituusheittokisasta.

Jykken mielestä se oli ollut hieno keksintö, sellaista heittoa käytettiin ammattilaiskentillä paljon maalien tekemisiin.

Teimmekin harjoituksen, johon kuului yhden pelaajan vielä jatkaa päällä tuota heittoa niin, että se menisi takatolpalle ja sieltä tehtäisiin maali. Harjoittelimme sen hyvin ja päätimme kokeilla sitä lauantain pelissä, Nefi ja Salah olivat hyviä jatkamaan puskulla sitä heittoa.

Tonille tehtiin sellaisia maalivahtiharjoitteita, että hän yritti torjua ilman käsiä, silloin pystyi pitämään jalalla palloa niin pitkään, kunnes vastustaja tuli häiritsemään. Tärkeä pieni juttu taas, jos vaikka piti hieman kuluttaa aikaa tai rauhoittaa peliä. Jykke kyllä painotti Tonille, ettei liian suuria riskejä saanut ottaa.

- Torstaina sitten viimeistely lauantain peliin, iloista mieltä paikalle, Arska huusi pelaajille.

- Sitä kyllä riittää, tytöt hihittivät.

Koulussa meillä oli äidinkielen kokeet, en ollut valmistautunut niihin mitenkään. Osasin jotenkin ne lorut

69

adjektiiveistä ja ablatiiveista, mutta en sitten tietänyt mikä mikin sana oli, enkä oikein ymmärtänyt missä tulisin tarvitsemaan noita. Voisin sanoa, että kokeet meni aika heikosti, kaikki yli nelosen on plussaa.

- I just can´t help believing, Elvis hoilasi tullessaan Paten kanssa keinuille.

- Me harjoitellaan liikuntatunnilla pesäpalloa, Pate sanoi epäuskottavasti.

- Ja Yhtylän, sekä Nivan pelaajat jalkista vai? Kysyin.

- Mistä arvasit.

- No meillä ihan sama juttu, pesäpalloo.

- Opettaja yrittää sabotoida meidän joukkuetta.

- Kenelläkös me voitas valittaa asiasta? Elvis kysäisi.

- Ei kenelläkään, sitten se pudottaisi meidän numeroita todistuksessa, mä en kestäis, jos liikunta ei olisi kymppi, sanoin.

- Ei me tehdä mitään, harjoitellaan vaan pesistä, ehdotetaan opelle, että jos siitäkin lajista olisi joskus turnauksia. Muistakaa, kukaan ei tiedä kuinka paljon me harjoitellaan, Nivan joukkuekaan ei harjoittele, kun kerran viikossa. Se oli Valtsu, kun puhui järkeviä.

- Totta, mehän treenataankin joka päivä ja vielä kaksi kertaa huippuvalmentajan kanssa, Elvis totesi.

- Joo, ei valiteta, pelataan pesistä vaan, lauantaina sitten näytetään miten jalista pelataan, sanoin.

Torstaina kentällä oli jo kaikki muut paikalla, paitsi Karin pojat Nefi ja Salah. Joskus sanottiin heitä Karin pojiksi, kun Kari yritti olla aina paikalla tulkkaamassa, jos olisi tarvetta, tosin Kari halusi myös kuulua joukkueeseen.

Sieltähän pojat tulivatkin pyörillä kovaa vauhtia, ei he myöhässä olleet, vaan kaikki muut olivat tulleet jo hyvissä ajoin.

Nefillä oli jotain sanottavaa, kaiveli harkkakassiaan ja huusi muille.

- Toni, minula olla sinule annettavaa.

- Täh, mulle vai?

- Kylä, sinule, odota pieni hetken, kun löytää.

Nefi löysi etsimänsä vihdoinkin, aivan upouudet maalivahdin hanskat. Niissä oli pehmusteita joka puolella, vihreätä, punaista ja mustaa väriä, aivan uskomattoman hienot. Toni otti hanskat Nefiltä, ei oikein ymmärtänyt mistä oli kysymys, ei edes laittanut niitä käteensä, katseli vain silmät loistaen.

- Laita käteen, et saa loukata pelissa, me ei pärja ilman Toni, Nefi selitti.

- Mutta mistä nämä on? Ei minulla ole varaa maksaa tällaisia.

- Laita vaan ne, ne on lahja, saadaan Salah kansa olla mukana. Täti laittaa posti minulle sieltä kotimaa, entinen kotimaa. Siellä nuo halpa.

- Laita vaan, ja kiitä niistä. Heidän kulttuurissa tuollaiset lahjat ilahduttavat enemmän antajaa kuin saajaa, siksi sinun pitää olla niistä ylpeä, Kari sanoi.

Toni laittoi hanskat käteen ja kiersi näyttämässä niitä kaikille vuoron perään. Hän näytti niin iloiselta, ei varmaan ollut koskaan ennen omistanut tuollaisia, vaikkakin oli ollut aina maalivahtina.

- Tänään laitetaankin Toni ja hänen uudet hanskat tosi koetukselle, ettei sitten pelissä enää vierasta niitä.

Muistin, kun joskus sai uudet jalkapallokengät, niin niitä ei ikinä kannattanut laittaa peliin, ennen niiden kanssa harjoittelemista. Jalan piti tottua niihin, sai vain rakot kantapäihin, jos liikaa piti aluksi.

Tehtiin harjoitus, jossa laidasta tuli keskitys, joka Tonin piti nyrkkeillä keskelle, sieltä tuli sitten oikea laukaisu ja se piti vielä hänen saada kiinni.

Toisessa harjoituksessa tuli kolme laukaisua eri suunnista, heti kun hän oli torjunut pallon, sai seuraava lähteä laukaisemaan.

- Nyt riittää, Jos sinä torjut noin hyvin lauantainakin, niin ei sinne kukaan maalia tee, Jykke kehui Tonia.

- Loppuhölkkä ja sitten tänne kopille venyttelemään.

Oli alettu harjoitusten lopuksi hölkkäämään aivan rentona kierros kentän ympäri, lihakset rauhoittuivat ennen venyttelyä.

- Lauantaina meidän peli onkin toisena, Korkeakankaan Pamaus ja Rytkyn Pallo pelaa ennen meitä.

- Kovakankan paukahdus ja Rutkun pallo, Salah toisti omalla tavallaan, sekös aiheutti sellaisen naurunremakan, joka kuului koko Ratisessa.

- Nähdään kentällä, juotavaa mukaan ja? Arska jätti kysymyksen meille, koko porukka vastasi yhteen ääneen.

- Iloista mieltä.

Perjantain koulupäivä ei juuri muuta pitänyt sisällään, kuin oppilaiden keskustelua huomisista peleistä. Otteluihin oli tulossa katsojia paljon enemmän kuin viimeksi. Minä sain kuulla käytävillä kaikenlaista kommenttia joukkueestani, mutta ne olivat vain kestettävä.

- Jasu, pääseekö vielä lisää tyttöjä teidän joukkueeseen? Se oli naapuriluokan Kati.

Meinasin vastata, mutta kaikenlaista huutelua tuli joka puolelta, ettei niitä oikein voinut ottaa todesta.

- Onko ne tummat pojat tulleet Afrikasta?

- Vieläköhän teidän tuuri jatkuu?

Opettelin sellaisen tavan noille ilkeyksille. Aina kun joku sanoi pahasti, kuvittelin sen pelissä vastustajan maaliin, jonka ohitin hienolla laukauksella. Mielikuvitusharjoitteeni saivat minut välillä nauramaan itsekseni, mutta se toimi hyvin.

Puistossa tehtiin koulun jälkeen vielä viimeiset harjoitukset, siellä unohtui nuo ilkeät kommentit. Meillä oli joukkueena uskomattomat omatoimi treenit, jokainen valmentaja olisi ylpeä niistä.

73

Kaikilla pelaajilla oli valmiina aina harjoite, mitä halusi reenata. Minä tein pitkästä aikaa pompotteluharjoittelua, huomasin tekniikan parantuneen paljon. Tytöt kuljettelivat yhdessä puistoa ympäriinsä ja syöttelivät toisilleen ulkosyrjäsyöttöjä. Pate heitteli Nefille ja Salahille pitkiä heittoja, joita toinen aina yritti jatkaa ja usein onnistuikin siinä. Valtsu ja Elvis laukoivat Tonille, toinen läheltä ja toinen kauempaa, vaihdellen välillä paikkoja.

- Nyt pitää lähteä kotiin, Salla totesi.

- Kaikki paikalle sitten huomenna, Sanni komensi.

- Don´t you worry darling, I´ll be there, vastaus tuli tietysti laulaen Elvikseltä.

Pelipäivä, se oli ensimmäinen ajatus aamulla herätessäni. Viikko oli vierähtänyt ensimmäisestä kierroksesta ja nyt olisi aika jatkaa. Jännitti heti aamusta aivan hirveästi, mutta piti toimia järkevästi. Päivän tärkein ateria, kunnon aamupala, se piti hoitaa niin, että ravintoa riittäisi pitkälle. Söin vielä hieman ennen lähtöäni, olin pyytänyt äidin laittamaan makaronia, hitaasti sulavaa energiaa. Sitten vielä pari voileipää ja vesipullo mukaan reppuun nappiksien ja säärisuojien kanssa.

Urheilukentän portin vieressä oli polkupyöriä niin paljon, ettei telineisiin enää mahtunut, piti laittaa aitaa vasten nojaamaan. Olikohan nuo kaikki tulleet pelejä katsomaan, usein oli kyllä jotain muitakin tapahtumia, niin kuin yleisurheilukisoja ja sen semmoisia.

74

Olin paikalla jo hyvissä ajoin ennen ensimmäistä ottelua, muita ei vielä meidän joukkueesta näkynyt. Kentän toisessa päädyssä oli rinne, mistä oli hyvä seurata pelejä, menin sinne istuskelemaan.

Korkeakankaan pojat olivat aloittaneet jonkinlaisen lämmittelyn, syöttelivät keskenään kentän toisessa päässä. Rytkyn pelaajat eivät varmaan vielä kaikki olleet edes paikalla, niin vähän heitä tuntui olevan. Lopulta heidän valmentajansa saapui ja samalla loput pelaajatkin, tulivat varmaan samalla autolla sieltä maaseudulta.

Tuomari puhalsi pilliin sen merkiksi, että olisi aika aloittaa ottelu. Korkeakankaan pelaajat menivät kentälle, mutta Rytkyn joukkue laittoi kädet yhteen ringin sisään ja sitten kuului huuto.

- Yy, kaa, koo, Ryt-kyn pal-lo.

Viimeksi meidän joukkue oli ainoa, kun huusi tsemppihuudon ennen ottelua, olivat sitten kopioineet sen meiltä. Mutta niinhän se pitikin, ottaa hyviä juttuja aina sieltä mistä niitä löytyi.

Hienosta huudosta huolimatta Rytky oli heti alusta lähtien altavastaajan asemassa. Korkeakangas painoi päälle minkä ehti ja tuottihan se lopulta tulostakin. Maalivahdin torjuttua pallon eteensä, oli ensimmäisenä paikalla vastustajan hyökkääjä, joka laittoi pallon verkkoon. Puoliajalla tilanne oli jo 3-0, eikä voittajasta ollut enää epäselvyyttä. Ottelun loppuhetkillä, Korkeakankaan ollessa jo viiden maalin johdossa, sai Rytkyn pallo ilon aihetta. Ehkä vastustaja tyydyttyi hyvän olon tunteeseen ja yksi pelaajista unohtui aivan vapaaksi toiseen laitaan. Laitettuaan pallon maalivahdin ohi takatolpan viereen, alkoi taas Rytkyn maalijuhlat, koko joukkue samassa kasassa.

Elvis, Toni ja Valtsu oli jo toisen vaihtopenkin takana, päätin lähteä itsekin sinne. Kohta siellä oli koko joukkue paikalla ja aloitettiin lämmittely ensin siinä kentän sivulla. Kun edellinen peli loppui noihin 5-1 lukemiin, niin päästiin kentän puolelle valmistautumaan otteluun.

Liikunnanopettaja vastustajan puoliskolta vilkuili meitä jatkuvasti, olisi varmaan halunnut kieltää meiltä lämmittelyn, jos vain mahdollista.

Tsemppihuuto kentän laidalla, Arska laittoi vielä teipin minun vasemman hihan ympärille, kapteenin merkiksi.

- Tämä unohtui viimeksi, ole esimerkillinen kentällä, Arska neuvoi ja jatkoi vielä.

- Niin kuin viimeksikin.

Menin keskiympyrään tervehtimään tuomaria ja vastustajan kapteenia, se olikin tuttu kaveri Jouppilan palloseurasta, usein pelattu vastakkain.

Ottelu alkoi varovaisesti tunnustellen, kumpikin joukkue keskittyi tarkkaan puolustuspeliin. Ohimennen ehdotin Patelle ja Valtsulle, että houkutellaan ne hyökkäämään, niin kuin viimeksikin saatiin avausmaali.

Sanni sai oikeassa laidassa pallon pois vastustajalta, joka näytti suuttuvan mokomasta lähtien tavoittelemaan sitä takaisin. Sanni syötti minulle, pidin palloa tahallani hallussa kuljettaen alaspäin. Potkaisin Patelle vasempaan laitaan, joka kuljetti sen melkein omalle kulmalipulle. Nyt vastustajista huomasi, että luulivat meidän olevan alakynnessä ja ahtaalla heidän kanssaan. Peräti viisi heistä prässäsi meidän vasemmalla puoliskolla pallollisen perässä. Pate laittoi maatapitkin hyvän syötön Tonille ja huusi vielä perään.

- Samanlainen nopea kun viimeksikin.

Pate laittoi laitaan Nefille, joka seinäsyötöllä minulle, minä jatkoin pystysyötön vastustajien puolustajan selän taakse. Salah ohitti nopeasti vastustajan ja kavensi maalia kohden. Maalivahdin oli pakko tulla vastaan, jolloin Salah laittoi sisäkierteisen syötön maalin eteen. Elvis oli paikalla, varmasti sisäjalalla keskelle maalia, siirryimme 1-0 johtoon.

- Mahtavaa, upeeta, me ollaan hyviä, Sanni lateli.

- Hyvä Elvis, sä oot best, sanoin.

- I know, I 'm the greatest, Elvis jatkoi.

Vilkaisin kentän laidalle, johon oli tullut katsojia niin paljon, ettei siellä oikein tyhjää kohtaa ollutkaan. Aika moni taputti meille, tosin Elviksellä oli kieltämättä aika paljon tyttökannattajia, jotka taputtaisivat hänelle, vaikka pelaisi miten tahansa.

Peli jatkui, nyt ei Yhtylän yllätys enää voinut pelkästään puolustaa ja meille aukeni maalipaikkoja tuon tuosta.

Ennen puoliaikaa saimme vapaapotkun melkein keskeltä ja ihan rangaistusalueen rajalta. Valmentajat eivät tienneet meidän harjoitelleen yhtä kuviota, juuri tuosta kohtaa tulevia vapareita varten.

- Tehkää muuri, hyökkääjät muuriin! Liikunnanopettaja komensi omia pelaajiaan.

- Kokeillaanko sitä ylijuoksua? Elvis kysyi minulta.

Huusin Sallan, Nefin ja Salahin myös pallon luokse.

- Kokeillaan vaan, menkää te kaikki oikealle puolelle muuria, jättäkää jonkin verran väliä toisiinne, sanoin.

- Olkaa sen näköisiä kuin haluaisitte teille syötettävän.

- Huutakaa, tanne, tanne, otin Nefin ja Salahin käsistä kiinni, kun kuiskasin ohjeet heille.

- Pelaavat aikaa, pallo peliin jo, kuului taas opettajan ääni kentän laidalta.

- Joo, pallo peliin, tuomari mukaili.

Asetuimme Elviksen kanssa molemmat pallon taakse, minä hieman enemmän vasemmalle.

- Tanne, tanne, kuului poikien pyynnöt, Salla juoksi vielä yhden puolustajan ympärillä, niin ettei poika oikein tiennyt miten puolustaisi.

Minä lähdin vauhtiin, katse pallossa, mutta menin sen yli jatkaen juoksua. Elvis lähti potkaisemaan minun jälkeeni, mutta

78

nostikin kevyen tsipin yli muurin, juuri ennen kuin ehdin paitsioon. Sitten olinkin kahden maalivahdin kanssa, sijoitus sisäjalalla oikeaan alanurkkaan. Tilanne 2-0, juostiin juhlimaan vaihtopenkkimme eteen.

- Tuota ei me olla kyllä teille opetettu, Jykke huusi.

- Puistossa, meidän omatoimiharkoissa suunniteltu.

- Hienoa koko joukkue, Jykke vielä onnitteli.

Puoliajalla saatiin uusia neuvoja, Elvis laitaan ja ristipalloja puolustajilta hänelle ja Salahille, joka oli toisessa laidassa. Jyken ja Arskan mielestä vastustajien puolustajilla ei riittänyt tekniikka tuollaisten pallojen haltuun ottamiseen. Tyttöjä peluutettiin keskushyökkääjinä vuorotellen, saivat yrittää malintekoa.

Yhtylä tuli toisen puoliajan alussa monta kertaa vaarallisesti, Toni torjui heidän kaikki yritykset uusilla hanskoillaan.

Yhden laukauksen kauempaa Toni otti rinnalla haltuun ja laittoi jalan pallon päälle, hieman niin kuin voiton merkiksi.

- Menkää kaikki päälle, kuului taas neuvo toiselta vaihtopenkiltä.

Juuri ennen kuin vastustaja ehti palloon, Toni koppasi sen käteensä ja heitti hyökkääjän pään yli Patelle. Pate laittoi sovitun ristipallon Salahille. Salah antoi vastustajan puolustajan yrittää ottaa palloa haltuun, mutta kun se ei onnistunut, hän nappasi sen, vei päätyyn ja keskitti maalille. Pallo leijaili yli puolustajan, maalivahdin, Sannin, mutta Elvis olikin toiselta laidalta jäänyt kaikkien taakse, vastapalloon kova pusku ja pallo

79

meni tolpan vierestä verkkoon. Elvis oli tehnyt jo toisen maalin tässä pelissä, johdimme 3-0.

Johtoasemassa kannattaa nauttia pelaamisesta, mutta tärkeä on tehdä kaikki asiat huolellisesti. Yritin antaa jokaisen syötön täydellisesti, sisäjalalla ja riittävän kovaa, ettei kukaan ehtinyt katkomaan niitä. Toni avasi välillä pitkillä vastustajan maalille asti.

Puolustajien tekniikka ei riittänyt kunnollisiin haltuunottoihin, niinpä he laittoivat pallon suosiolla laidasta yli sivurajan. Nyt olisi pitkän sivurajaheiton paikka.

- Pate tuu heittämään, huusin.

- Ai niin, olin jo unohtanut sen meidän jutun, hän tokaisi minulle matkalla.

Nefi meni etutolpan kohdalle, ohjasin Sallaa menemään hakemaan heittoa vastaa, näin vieden yhden vastustajan mukanaan. Minä hain hieman alempaa ja pyysin niin kovasti palloa itselleni, että sain viereeni vastustajan.

Heitto lähti komeassa kaaressa, Nefi nosti leukaa ylös ja antoi otsallaan pallolle toisen kaaren, suoraan Elvikselle. Elvis otti komeasti rinnalla haltuun ja laukaisi volleyn suoraan ilmasta hölmistyneen maalivahdin ohi.

Johdimme jo uskomattomasti 4-0, maalin juhliminenkin jäi hieman vähemmälle, niitä tuntui tulevan jo niin paljon.

Elvikselle hattutemppu, sen hän oli ansainnut ja pitihän hänen ottaa yleisönsä. Tyttökannattajien edessä hän laittoi jalkansa ristiin, aivan kuin joku ritari, oli ottavinaan hatun päästään ja kumarsi kannattajilleen kättä heilauttaen.

- Nyt pidetään oma maali puhtaana, sanoin.

- Joo, Tonille nollapeli, Valtsu kannusti muita.

Se onnistui, pidettiin palloa hitaalla pelillä ja tiukan paikan tullen potkaistiin vastustajan kulmalipulle.

- Hienoa, hyvin pelattu joka iikka, Jykke iloitsi.

- Teistä saa olla ylpeä, Arska lisäsi.

Kyllä me oltiinkin ylpeitä itsestämme, hiljensimme taas monta suuta. Oikein odotin maanantain koulupäivää, vieläköhän sieltä kuuluisi niitä ikäviä kommentteja.

- Taas on meillä voittokahvien aika, nähdään tiistain harjoituksissa. Jykke ja Arska lähtivät iloisina pois.

- Sanni lähdetään, nyt saa jalkapallo olla hetken mielestä pois, Salla totesi.

Toni kävi vielä kiittämässä hanskoista, kehui samalla poikien pelaamista. Meidän joukkue tuntui hitsautuvan yhteen kuin legopalikat. Vain minä jäin katsomaan päivän viimeistä peliä, Lahnajoki vastaan Niva.

Pietarin ääni kuului taas kovimmin ennen ottelun alkua, jotenkin siitä kaikui pienoinen epävarmuus. Jos oli hyvä pelaaja, niin miksi sitä pitäisi toitotella ääneen, eikö näytöt kentällä riittäisi.

Peli kuitenkin kulki hienoisessa Nivan hallinnassa, vaikka maalia he eivät saaneetkaan, ei ainakaan pelin ensimmäisellä

81

puoliajalla. Tauolle mentiin maalittomassa tasatilanteessa, kulmapotkut kyllä Niva voitti selvästi.

Toiselle puoliajalle pojat olivatkin suunnitelleet eri tavalla pelattavat kulmapotkut. Pietari antoi kulman Kallelle lyhyenä, josta hän yritti vetää kaaripalloa takanurkkaan. Ensimmäisen maalivahti sai torjuttua uudeksi kulmaksi, toisen puolustaja työnsi päätyrajan yli. Kolmannella kerralla sitten paluupallon ylärimasta, Nivan pelaaja puski maaliin.

Lahjajoki havitteli kuitenkin tasoitusta, heillä tuntui olevan etulyönti pelaajien laukaisuvoimassa. Maaseudun pojilla tuntui olevan dynamiittia reisissä, toinen toistaan kovempia potkuja sateli kohti maalia.

Vapaapotku toi helpotuksen Lahnajoen laukaisijoille, kova suora vapaapotku painui maalivahdin käsien kautta verkkoon. Niva ei suostunut tyytymään tasapeliin, vaan rakenteli taas hyökkäyksiä, joista tuli uusia kulmapotkuja. Ottelun viimeisellä minuutilla sellainen toi heille voittomaalin, vaikka tuomari olisi voinut hylätä sen maalivahdin häirinnästä johtuen. Selvästi yksi Nivan pelaajista esti maalivahti siirtymästä taaksepäin, jolloin Kallen potkaisema keskitys painui suoraan takanurkkaan.

Sen jälkeen heidän ei tarvinnut kuin pelata loppupeli aikaa, potkia palloa kentältä ulos ja kauas.

Tuo tulos tiesi sitä, että kaikkien yllätykseksi me johtaisimme sarjaa maalieron turvin. Tein illalla vielä sarjataulukon, se oli komeata katseltavaa.

1. Fc Ratinen 6p. maalit 7-2

2. Nivan palloseura 6p. maalit 5-2

3. Korkeakankaanpamaus 3p. maalit 7-4

4. Lahnajoen laukaisijat 1p. maalit 2-3

5. Yhtylän yllätys 1p. maalit 1-5

6. Rytkyn pallo 0p. maalit 2-8

6. Sarja jatkuu

Pelin jälkeisenä sunnuntaina meillä oli puistossa suunnitteilla taas uusia vapaapotkukuvioita. Ne olisivat meidän joukkueen vahvuus, jokainen erikoistilanteemme olisi suunniteltu etukäteen. Myös pitkään sivurajaheittoon mietittiin muitakin vaihtoehtoja, niin ettei vastustaja oppisi heti meidän pelikuvioita.

Sallalla oli ongelma, sen toinen kenkä alkoi hajota, pohjan ja nahan välinen ommel oli katkennut.

- Oot liikaa potkinut maata mukaan, Pate totesi.

- Ehkä, mutta tämä ei kestä enää kauaa, alkaa varmaan tuosta lisää ratkeamaan.

- Hei, meidän äidillä on sellaista liimaa, tai ainakin oli, millä paikattiin kerran kulunut nahkasohva, sanoin.

- Antaiskohan hän sitä tähän vähäsen?

- Totta kai antaa, mennääks kysyy, oisko sitä vielä jäljellä?

- Joo, se pelastais mun päiväni.

Muut jäi puistoon, me lähdettiin Sallan kanssa kävelemään meille.

- Sulle on varmaan aika tärkeä tämä joukkue? Salla kysyi ja vilkaisi otsatukan alta minua.

- No joo, vastasin, mutta Salla selvästi odotti enemmän.

- Kun olen tässä lajissa hyvä, tai ainakin pärjään. Rahan ja tavaroiden puolesta jään muille aina toiseksi, kun ei olla mitään rikkaita. Kentällä on ihan sama, oletko rikas tai köyhä, taitava pelaaja on kentän kunkku.

- Teille pojille kaikki on aina kilpailua.

Tultiin eteiseen, äiti kolisteli astioita keittiössä.

- Äiti, tuu tänne.

- No, mitä nyt, hän sanoi ja tullessaan huomasi Sallan.

- Hei moi, kiva kun Jasu tuo vihdoinkin tyttöystävän kotiin, äiti kiusoitteli.

- Äiti, ei, tämä on mun pelikaveri.

Salla nauroi niin, että hänen oli laitettava käsi suun eteen.

Otti sitten jalastaan kengän ja tyrkytti sitä minulle.

- Kato, hajoo tuosta, meillähän oli semmoista nahkaliimaa joskus, oisko sitä vielä.

Näytin kenkää äidille, joka tutki sitä kovin hartaasti.

- Tuohon vois ommella käsin kalastajanlangalla ompeleen ja sitten vasta laittaa liimaa päälle.

- Ehditkö tekemään sen?

- No pitää kaivaa ompelulaatikko esiin.

- Me mennään mun huoneeseen kuuntelemaan musiikkia sillä aikaa.

Salla katseli mun huonetta, julisteita seinällä, muutamia palkintoja hyllyssä. Tajusin, että huoneeni oli varmaan aikamoinen sekamelska. Oveen oli kiinnitetty kori, johon pystyi heittelemään kevyempää palloa. Nurkassa oli pieni maali ja huoneessa oli ainakin neljä jalkapalloa.

Salla istui koulupöytäni ääreen, katseli pöydällä olevia piirustuksiani pää hauskasti vinossa.

- Taidat olla aikamoinen pelimies, mutta osaat sinä jotain muutakin paremmin kuin monet muut, nimittäin piirtää. Hän ihaili yhtä piirtämääni kuvaa, jossa tyttö ja poika seisoivat puutalojen edessä, hiekkatiellä.

- Mitä sä teet muuta kuin pelaat jalkapalloo?

- No tämä jalkapallo on minulle siks mukavaa, kun meillä on niin hyvä joukkue ja uusia kavereita siinä. Me käydään Sannin kanssa sellaisessa tyttökerhossa, mutta ei sekään niin tärkeätä ole, kavereiden takia minä sielläkin.

Salla piti pienen tauon ja näki, että hän mietti tarkasti.

- Kotona kuuntelen musiikkia, luen nuorten kirjoja ja neulon, nytkin mulla on tekeillä villapaita.

- Oho, se on varmaan vaikeaa.

- Samalla lailla kaikkea voi oppia harjoittelemalla, niin kuin sinä olet oppinut pompottelemaan palloa.

Juuri nyt minusta joku pallon pompottaminen tuntui tyhjänpäiväiseltä, onneksi Salla hieman auttoi näkemään asiassa hyvät puolet.

- Tuo pelaaminen on kyllä hyväksi, kun silloin pitää olla hyvässä kunnossa, saa paljon liikuntaa.

Äiti tuli huoneeseen kenkä kädessään, istuutui Sallan viereen.

- Tällainen siitä tuli, laitoin muutaman ompeleen ja siihen hieman liimaa päälle, mutta ei potkimista vielä tänään.

- Joo, antaa vaan kunnolla kuivua, niin kestää.

- Lähetäänkö takaisin puistoon? Minä kysyin Sallalta.

- Kiva kun kävit, saisit Jasu tuoda useammin näitä nätimpiä kavereita, ne kun ei ole niin meluisiakaan kuin pojat.

Salla hymyili, katseli välillä nappiksiaan, taisi olla kiva yllätys saada kengät nopeasti kuntoon.

- Näillä tehdään vielä maaleja, Salla koputteli nappiksilla minun olkapäätäni.

Käveltiin takaisin puistoon, Salla oikeastaan ontui, kun astui sillä korjatulla kengällä hyvin varovasti. Tämän päivän harjoittelu oli tehty.

Koulussa sujui hyvin opiskelu, ehkä siksi kun tottelin valmentajan ohjetta tehdä läksyt ja seurata tunnilla. Sillä tavalla sai ihan oikeasti lisää vapaa-aikaa. Läksyt oli helppo tehdä, kun kaikki asiat olivat vielä muistissa päivän oppitunnilta.

Pesäpalloa, sen harjoittelemista jatkettiin, paitsi eräät saivat pelata jalkapalloa. Keksin hyvän jutun opettajalle, ihan vain hänen kiusakseen.

- Tämä oli loistava juttu, siis harjoitella pesistä, sanoin.

- Niin, pitäähän teidän sekin laji osata, opettaja vastasi.

- Tarkoitin vaan sitä, kuinka tämä hyödyttää jalkapallossa seuraamaan peliä, myös niitä paikkoja missä ei ole palloa. Meidänkin peli sujui paljon paremmin viime lauantaina, kaikki osasi lukea peliä paremmin.

Opettaja otti tiukan ilmeen, selvästi näki, kuinka hän mielessään mietti, että oliko hän tehnyt suuren virheen. Minun oli pakko yrittää olla nauramatta hänen seuraavalle komennolleen.

- Tällä viikolla vaihdetaankin osia, pesäpallon harjoittelijat siirtyvät harjoittelemaan jalkapalloa ja jalkispelaajat pesistä.

Valtsu tuli ihmeissään minun luokse, kyseli mitä olin sanonut. Kerroin vain pienestä jekusta, tosin monipuolinen harjoittelu on hyväksi.

Salla tuli välitunnilla Paten ja minun luokse, istuttiin pyörätelineillä.

- Sanni meni hammaslääkäriin, Salla kertoi ja siitä meidän piti ymmärtää, ettei hänellä ollut muita kuin me, kenen luokse voisi tulla aikaa kuluttamaan.

- Kuulin käytävällä, kun Nivan pojat olivat kiukkuisia siitä meidän isosta voitosta, Salla kertoi.

- Aikovat seuraavassa pelissä tehdä maaleja liukuhihnalta ja yrittävät neuvoa Rytkyn pallon pelaajia, sitä meidän seuraavaa vastustajaa. Siis miten pitäisi pelata meitä vastaan, ihan kuin nuo jotain osaisivat neuvoa.

- Taitaa ottaa heidän suuren egon päälle, kun eivät enää johdakaan sarjaa, Pate naureskeli.

Puistossa läksyjen jälkeen oli muut paitsi Sanni ja Toni paikalla, Tonista ei tiedetty, mutta Sannin poski oli vielä turvoksissa siitä hammashoidosta.

88

Maanantai oli kuitenkin aika väsyttävä päivä omatoimiseen harjoitteluun, kaikki tuntuivat istuskelevan ja touhuavan ihan muuta. Salla tuntui olevan kovin kiinnostunut minusta, tuli taas viereeni, kun hieman istahdin huilaamaan.

- Mä en jaksa innostua nyt juoksemista, siis pallon kuljettamisesta.

- No huomenna on taas kunnon harjoitukset Jykken komennossa.

- Joo, mä satsaan sinne kaikki energiani, nyt ei vaan jaksa innostua.

- Haluatko tulla vastavierailulla mun luona käymään? Salla kysyi yllättäen.

- Ai nyt vai?

- Niin, nyt, miksi ei?

- No mennään.

Muut katseli hieman oudosti, kun kerrottiin menevämme käymään Sallan luona. Juuri eilenhän me oltiin minun kotona, mutta ei ne mitään perään huudelleet.

Salla asui siinä Jykke vieressä, sellaisessa vanhassa puutalossa, jossa oli neljä asuntoa. Pihalla oli niin paljon maahan asti oksiaan roikottavia omenapuita, ettei siellä kyllä voinut mitään pelata.

Sallalla oli pieni oma huone, vaaleanpunainen päiväpeitto sängyllä ja kirjat nätissä nipussa koulupöydällä. Seinillä ei ollut yhtään julistetta mistään yhtyeestä tai laulajasta, vain kaksi maisemakuvaa.

- Tässä on tämä minun toinen harrastus, Salla näytti puolikasta villapaitaa, jonka alku oli ainakin hieno.

- Siitä tulee varmaan tosi hieno paita, sanoin ja mietin häntä kyllä aika taitavaksi.

Kuulin kuinka joku tuli sisälle ja kolisteli eteisessä.

- Äiti, ollaan Jasun kanssa täällä, Salla huusi.

- Piti varoittaa sitä, ettei huutelisi mitään tyhmää, jos luulisi minun olevan täällä yksin, Salla kuiskasi minulle.

- Moi, Sallan äiti kurkkasi ovesta.

- Moi, moi, vastailtiin.

Katseltiin vielä hänen kutomiaan lapasia, villasukkia ja pipojakin. Hänen äiti toi meille kaakaota ja pullaa, en muista koska olisin viimeksi saanut niin herkullista välipalaa. Lopulta piti lähteä, en kehdannut sanoa, että minulta oli jäänyt osa läksyistä vielä tekemättä. Ehtisin kyllä ne vielä illalla tehdä, nukkumaan menisin kuitenkin vasta kymmenen jälkeen.

Ennen tiistain harjoituksia, istuimme kopin rappusilla osan joukkueen kanssa. Tonikin oli paikalla, eilen hän oli nukahtanut heti koulun jälkeen ja heräsi vasta illalla, silloin ei ollut enää ketään puistossa. Keskustelimme seuraavasta pelistä, vastustajana Rytkyn pallo, joka tuntuisi olevan helpoimpia otteluita sarjassa. Elviskin innostui miettimään montako maalia tekisi, vaikka lupasi syötellä, jos jollain olisi parempi

90

maalintekopaikka. Paikalle tullut Arska toppuutteli meitä kehuskelemasta lopputuloksesta ennen peliä, oli niitä ihmeitä tapahtunut monta kertaa ennenkin.

Kari ja pojat pyöräili paikalle, näyttivät kovin huolestuneilta. Yleensä he jo kaukaa huutelevat mulle tervehdyksiään tai kommenttejaan.

- Minula on teille asiaa, Salah sanoi vakavalla äänellä.

Kaikki kääntyivät kuuntelemaan, tytötkin tulivat paikalle kopin nurkalta.

- Puhun nut meidän molempien puolesta, yhteinen asia.

- Me ei pääse seuraava ottelu, Salah heitti shokki uutisen meille.

- Ei paase kanssa torstai harjoitus, Nefi lisäsi.

- Me menee Helsinkiin, on Suomen kieli testi, siellä tutkitaan minkalainen on meidän nyt taso. Kerrotaan, paljonko pitaa viela oppia, jos haluaa kansallisuuden, siis Suomen.

- Suomen kansalaisuuden, Sanni melkein tavasi ja Salah opetteli perässä.

Jykke katsoi totisena minua, olin jo lähellä kirota, mutta hän pyysi luokseen.

- Jasu, mieti nyt kapteenina tarkasti mitä aiot sanoa, laita asiat tärkeysjärjestykseen.

Hetken mietittyäni taisin ymmärtää mitä Jykke tarkoitti.

- Salah ja Nefi, sanoin kovaan ääneen

- Me kaikki toivotetaan teille onnea sinne testeihin, pidetään peukkuja pystyssä.

Kaikki nosti peukut ylös, pojat taisivat taas ilahtua heidän kohtelustaan, vaikka lähellä se oli, että olisin sanonut jotain tyhmää.

- Te olete huippukivoja, Nefi ja Salah yhteen ääneen.

- Hyvä Jasu, nyt pitää sitten hommata vähintään yksi pelaaja lauantaiksi.

- Ei yhden pelaajan hankkiminen nyt niin vaikeaa voi olla, Pate totesi.

- Jätetään homma kuitenkin kapteenille, Valtsu sanoi ja kaikki räjähti nauramaan, paitsi minä.

Harjoitukset menivät minulta hieman ohi, ajatukset pyörivät vain siinä puuttuvassa pelaajassa.

Tehtiin hyökkääjä vastaan puolustaja harjoituksia varmaan kymmentä erilaista. Tonin kysyttyä syytä moiseen, ilmoitti valmentaja vain, että katsotaan kenestä olisi lauantaina vasemmaksi pakiksi Nefin tilalle.

Minähän siihen jouduin, tykkäsin pelata keskellä, missä tapahtui koko ajan, mutta nyt piti sitten muuttaa kuvioita. Elvis pudotettiin minun paikalle keskikentälle ja tytöistä toinen sai olla vuorotellen kärjessä hyökkääjänä. Tietysti odotettiin vielä sitä puuttuvaa pelaajaa, jonka kuulemma toisin jo torstain harjoituksiin.

Loppuharjoittelussa käytiin läpi meidän kaikki erikoitilanteet, niin kuin pitkät sivurajaheitot ja vapaapotkut.

Oli minulla siihen puuttuvaan pelaajaan yksi vaihtoehto suunnitelmissa, kysyisin sitä huomenna koulussa. Nyt tuntui kuitenkin järkevältä kysäistä siitä Sallan mielipidettä

- Salla, eihän se haittaa, jos kysyn vielä yhtä tyttöä joukkueeseen, en oikein keksi ketään muutakaan.

- Ei haittaa, kunhan minä olen sinun ykköskaveri.

- Joo, joo, taisin jopa hieman punastua.

Harkkojen lopuksi kaikki kävi taputtelemassa poikia olalle ja vielä toivottamassa onnea niihin testeihin.

- Sunnuntaina puistossa, te kaikki olette, tulemme sinne silloin Nefin kansa.

- Sehän meni jo ihan hienosti, hyvin sanottu, Salla kannusti ja lupasi olla paikalla.

Illalla katselin itsetekemiäni taulukoita peleistämme. Rytkyn pallo oli sarjan viimeisenä, me johdossa, mutta muistutin itselleni, että kasasin joukkueen vain siksi, että saisin pelata.

Vasta iltapäivällä näin koulussa Katin, sen tytön, kun kysyi pääsyä joukkueeseen, mutta en silloin tiennyt oliko hän tosissaan. En kyllä tiennyt vieläkään, mutta kohtahan se selviäisi. Hän oli sellainen pitkän huiskea olemus ohkaisine jalkoineen ja tummineen hiuksineen, mutta usein kylläkin verkkarit jalassa, mikä viittaisi sporttisuuteen. Kati oli jonkun luokkatoverinsa kanssa keinuissa, oli aika mennä keskustelemaan.

- Hei, kuule, sinähän kysyit tuolla käytävällä viikko sitten, että pääseekö joukkueeseen?

- Niin kysyin.

- No oliko se oikea kysymys, vai sellaista pilkantekoa?

- Kyllä minä haluaisin pelata.

- Nyt olisi mahdollista, tai oikeastaan olisit tervetullut mukaan. En saanut silloin vastattua, kun niin monet huutelivat, eikä kaikki olleet niin kivoja kommentteja meistä.

En kertonut vielä puuttuvasta pelaajasta, voisi pian olla koko koulun tiedossa ja alkaisi taas kaikenlainen selittely asiasta.

- Voisin minä tulla, pitäisi varmaan jostain semmoiset kengät hommata, vaikka on minulla lenkkarit, Kati hyppäsi keinusta ja tuli viereeni.

- Mikä sun kengän koko on? Minä voin kyllä yrittää hommata, siis nappikset sulle.

- Kolmekymmentä kolme.

- Tunnetko muuten meidän joukkueen pelaajia?

- No kaikki varmaan jotenkin.

- Pääsetkö torstaina kuudelta meidän kentälle?

- Joo, olenkin mennyt siitä muutaman kerran ohi, kun olette harjoitelleet, on ollut aika mukavan näköistä puuhaa.

- Hyvä nähdään sitten siellä.

Koulun jälkeen kysyin Sallaa mukaan käymään seurakuntatalolle. Siellä oli sellainen kirpputorihuone, mistä saimme usein lainata varusteita, tosin harvoin niitä sinne takaisin palautettiin. Vanhempi rouva päästi meidät sisään, käski kurkistaa kaikkiin laatikoihin, mitä oli hyllyissä. Alettiin penkomaan Sallan kanssa, löytyihän sieltä lopulta nappikset, säärisuojat ja sukatkin. Kiitettiin sitä naisihmistä, joka tuntui olevan kovin iloinen, kun pystyi auttamaan. Salla lupasi pestä suojat ja sukat huomiseksi, niin Kati pääsisi heti harjoituksissa koittamaan niitä.

Illan puistotreeneissä puuttui Karin pojat, jotenkin haikea omatoimiharjoitus, kun heidän mukavaa kielioppia ei kuulunut joukosta.

Kerroin kaikille, että Kati tulisi huomenna harjoituksiin, nyt meillä olisi kolme tyttöä joukkueessa.

- Enempää ei sitten likkoja oteta, vaikka ei se haittaa, mutta kuitenkin. Jos tarvitaan hätäapua, niin mun pikkuveli voi tulla mukaan. Ei se mitään osaa, mutta ei jouduta ainakaan luovuttamaan sen takia, ettei olisi kahdeksaa pelaajaa. Se oli Valtsu, tiesin sen pikkuveljen Arin, niin vilkas luonne, ettei pysyisi kentällä varmaan omalla paikallaan.

- Pitäisikö häntä kutsua harjoittelemaan? Kysyin.

- Ei, tulee paikalle vaan jos tarvitaan.

- Selvä, hyvä kuitenkin tietää.

Kokeiltiin treenata seinäsyöttöä kolmannelle, niin että syötöt kulki ilmassa. Meidän harjoitukset olivat vaikeutuneet hyvinkin vaikeiksi, se kannusti vaan eteenpäin.

Kati kävi välitunnilla kysymässä nappiksista, kerroin ne olevan Sallalla pesussa. Hetken hän oli ihmeissään moisesta ystävällisyydestä.

- Teillä taitaakin olla enemmän kuin pelkkä joukkue.

- Niin on, se on meidän joukkue, sanoin ja virnistin.

- Pitää varmaan Sallalle tuoda karkkiaski vähintään.

Siihen en enää kommentoinut, mutta kun ajattelin, niin kyllä Salla teki loistotempun.

Nappikset oli ihan sopivat, säärisuojat ensimmäistä kertaa Katilla jalassa.

- Ei tule kuule mustelmia sulosääriin, Toni nauraa räkätti.

- Kyllä ne on kuule oikeasti tärkeät, siellä kentällä on, jos jonkinlaista potkijaa, ilman suojia on pian jalat poikki.

- No totutellaan, en minä sitten ole pelannut kuin koulun tunneilla, Kati kertoi.

- Siitä on hyvä lähteä opettelemaan, Jykke ilmoitti.

Harjoiteltiin perusjuttuja tytöille, kuljetusta molemmilla jaloilla, ja laukaisuja. Pojat treenasi puolustuksen tiivistämistä ja siirtymistä pallolliseen laitaan, niin että jokainen oli tukipelaajana aina vierimmäiselle kaverille.

- Ei nuo tytöt kuule lauantaina maalia tee, Pate totesi.

- Pidetään huoli, ettei vastustajakaan tee, sitten isketään erikoistilanteesta, kyllä kai niihin sentään noustaan mukaan, Elvis ilmoitti.

- Kyllä meillä kaikki mahdollisuudet on, vaikka mihin, mutta toivotaan hyvää peliä, eiks vaan? Sanoin.

- Aina meille tulee hyvä peli, kun on joukkue kasassa.

Salla juoksi meidän viereen läähättäen, potkaisi vielä pallon takaisin Sannille.

- No, miltä näyttää?

- Ihan hyvältä, hienosti menee, kannustin.

Pate ja Elvis virnisteli vieressä, Pate keksi vielä yhden hyvän harjoitteen.

- Hei Jykke, voidaanko harjoitella niin, että osa laukoo hieman kauempaa, ja puolustajien pitää torjua käyttämättä käsiä. Jos vaikka pelissä Toni syöksyisi ja kohta tulisi toinen veto, pitäisi yrittää torjua niin, ettei tulisi rankkaria.

- Ihan hyvä idea, Toni voi tulla kanssa laukomaan.

Ihan mukava harjoitus, kaikenlaiset uudet jutut ovat innostava tekijä, huomaamatta tulee lisää motivaatiota ja keskittymistä itse harjoitteluun.

Harjoitusten lopulla istuttiin taas ringissä venyttelemässä, yritettiin vielä löytää hyviä asioita lauantain peliin. Arska puhui aamuruokailun tärkeydestä, oli puhunut siitä jo aikaisemminkin ja tottahan se oli. Jykke filosofioi hyvän pelin ja reilun hengen puolesta, kuulemma jos myöhemmin osattaisiin ymmärtää sitä

97

enemmän. Arska kyseli vielä miltä Katista tuntui tulla mukaan joukkueeseen. Kati kehui, eikä olisi ikinä uskonut, että meidän alueen kaverit voisivat olla näin huipputyyppejä. Tarkoitti sillä varusteiden hankkimista, niiden pesua ja ottamalla hänet mukaan joukkueeseen, vaikka ei mikään mestari ollutkaan.

- Meidän peli on lauantaina sitten vasta se kolmas, viimeinen ottelu. Jos tulette jo ensimmäiseen peliin, niin ottakaa evästä mukaan, Arska ohjeisti meitä.

Koulussa oli taas perjantaina jalkapallohuumaa, ainakin meidän luokalla. Matematiikan opettaja antoi meille laskutehtävän, jossa kymmenellä pelaajalla oli kaksi jalkapalloa. Sitten joka toisen pelaajan pallot kerrottiin kolmella ja loppujen pelaajien pallot kahdella, niin paljonko palloja oli kaikkiaan. Sain vastaukseksi viisikymmentäkuusi, ja luulisin sen olevan oikein, tarkistus jäi vain seuraavaan kertaan.

Nivan pelaajat kulkivat joka paikassa isona laumana, kärjessä tietysti kovaa ääntä pitävät Kalle ja Pietari. Korkeakankaan joukkueella oli myös aihetta metelöintiin, nimittäin heillä oli johto maalintekijöissä, yksi heidän pelaajistaan oli tehnyt jo neljä maalia. Näin myös Katin liittyneen Sallan ja Sannin seuraan, mikä oli tietysti ihan mukavaa. Minä olin Valtsun tai Paten kanssa yleensä, eikä siihen liittyneet mitkään joukkueet, oltiin vain kavereita.

Aurinko pilkisti verhon raosta, vilkaisin kelloa, joka oli hieman yli kahdeksan. Heti kun muistin tänään olevan pelipäivän, niin väsymys oli tiessään. Hoipertelin hampaiden pesuun, vessan peilissä näkyi poika, jolla oli liian pitkä otsatukka. Keittiön ikkunasta katselin, kun lokit kirkuivat tiellä, joku yön kulkija oli heittänyt grillistä ostamansa piirakan jämät tien sivuun. Minun ravitsevaan aamupalaan kuului kaurapuuro, jonka minä valmistin ihan omalla tavalla. Lasiin kaurahiutaleita, päälle maitoa ja vähän sokeria, hetken hiutaleet saivat imeytyä, sitten vain kylmänä suuhun. Muutama näkkäri meni siinä sivussa kahvin tai teen kanssa. Kentälle ottaisin mukaan pari sämpylää, mehua sellaiseen litran muovikannuun ja yhden banaanin.

Loikoilin olkkarin nojatulissa vielä aikaa kuluttaen, samalla pähkäilin meidän sarjataulukkoa. Meidän ottelu olisi, sarjakärki vastaan viimeisenä oleva Rytkyn Pallo. Nivalla olisi suhteellisen helpolta kuulostava Yhtylän yllätys, se pelattaisiin tänään ensimmäisenä. Korkeakankaan ja Lahnajoen välinen peli tuntui taulukon mukaan kaikista tasaisimmalta. Siitä tuli mielenkiintoinen matsi, tästä tuli jännittävä päivä.

Matkalla kentälle törmäsin Toniin, joka meni samaan suuntaan, muovikassi olallaan.

- Säkin tulet ajoissa kentälle, sanoin ja aloin taluttaa pyörää hänen vieressään.

- Ei ollut oikein muutakaan, kivahan niitä toistenkin matseja on katsoa.

Muistin kun Toni lähti pois meidän koulusta, tai oikeastaan hän ei enää vaan tullut, jotkut tiesivät hänen joutuneen tarkkikselle. Minun teki mieli kysyä sieltä, mutta en ollut varma uskaltaisikohan.

- Minkälaista siellä tarkkiksella on?

Kysymys selvästi yllätti Tonin, oli hetken mietteissään, kunnes vastasi.

- No onhan se meno siellä aika villiä, mutta on siellä kova kurikin. Niin ja jos ei tottele, ne rangaistukset ovat hieman erilaisia kuin teillä.

Tuo riitti minulle, en halunnut tietää enempää heidän rangaistussysteemeistä.

Tultiin kentän laidalle, siellä oli paljon enemmän katselijoita ja muuta porukkaa kuin viimeksi. Mentiin kentän päädyssä olevalle rinteelle istumaan.

- Moi, Sanni juoksi paikalle reppu selässä heiluen.

- Ai moi, sinäkin olet jo täällä.

- On täällä muitakin jo, tytöt meni veskiin ja Elviksen näin äsken kävelevän tuonne urheilukentälle päin.

- Olisko siellä korkeushyppytelineet paikalla? Toni kysyi innostuneesti.

- Mennään kattoo, tässä ehtii vielä hypätä, ennen kuin peli alkaa, vastasin.

- Jos on, otetaan kisa, Toni totesi itsevarmasti.

Telineet olivat paikoillaan, Elvis makasi vain keskellä hyppypatjaa. Vasta kun olimme ihan vieressä, hän havahtui, taisi nukkua.

- Hei, nyt hyppykisa pystyyn, Toni riemuitsi.

- Mä en oo mukana, pitää yrittää huilata, en saanut viime yönä nukuttua juuri ollenkaan. Pikkuveli on kipeä ja se piti koko yön sellaista ulinaa, siihen sattui varmaan kovasti.

- Huilaa sinä siellä nurkassa, me hypätään muutaman kerran, aloitetaanko metrikolmekymmentä?

- Sopii mulle vastasin, olin päässyt korkeammastakin yli tänä keväänä.

Tonin kanssa hypittiin vuoron perään, Elvis keinahti aina patjan reunalla hyppääjän pudottua riman yli. Aikansa kisattuamme kuultiin, kun tuomari vihelsi pilliin, jätettiin Elvis nukkumaan patjalle ja lähdettiin seuraamaan peliä.

Tytöt istuivat rinteessä, Valtsu ja Patekin oli tullut jo paikalle, mentiin siihen heidän taakse.

- Kumpi voitti, Sanni kysyi.

- Jäi kesken, mutta kyllä minä olisin kisan hoidellut, Toni ilmoitti, enkä siihen mitään viitsinyt sanoa. Toni oli kyllä minua päätä pidempi, mutta hyppytekniikka oli minulla paremmin hallussa.

Päivän ensimmäinen ottelu alkoi hienoisessa Nivan palloseuran painostuksessa. Yhtylän valmentaja, koulun liikunnanopettaja huusi yhtenään pelaajille ohjeita

101

puolustamisesta, palloon kiinni menemisestä. Pelaajat tosin tuntuivat vain menevän sekaisin omasta pelipaikastaan hänen käskyjensä kanssa. Niinhän siinä lopulta kävikin, kymmenen minuutin kohdalla toisesta laidasta puuttui puolustaja, jonka opettaja oli käskenyt juoksemaan pallollisen perässä. Siitä aukosta sitten Pietari karkasi maalintekoon, sijoittaen pallon etualakulmaan.

Toisen maalin jälkeen, jonka teki Niva jälleen vastaavanlaisesta valmentajan virhekäskystä, alkoi opettaja hiljenemään kentän laidalla. Joskus on hyvä, että valmennus antaa ohjeita, ainakin kun joukkue ei oikein tiedä mitä tekisi. Parempi kuitenkin olisi, jos harjoituksissa harjoiteltaisiin ja sitten pelissä yritettäisiin toteuttaa niitä asioita. Valmentaja voisi siinä sivussa kirjata ylös hyvät ja huonot puolet, mitä voisi yrittää kertoa puoliajalla ja mitä pitäisi vielä harjoituksissa treenata.

Kallen vuoro iskeä taululle tilanteeksi 3-0, tosin ei täällä ollut käytössä mitään tulostaulua, paitsi jossain minun mielikuvituksessani.

Maalin jälkeen Yhtylän pelaajat ryhmittyivät kaikki oman kenttäpäädyn puolustukseen, yrittivät pitää lukemat edes jotenkin siedettävinä. Sen verran se onnistui, ettei lisämaaleja nähty ja tuo Kallen tekemä osuma jäi viimeiseksi.

Pienen tauon aikana osa meidän joukkueen pelaajista käväisi kopeilla veskissä, osa keskittyi jo eväiden syöntiin.

Päivän toinen ottelu alkoi, Korkeakankaan Pamaus vastaan Lahnajoen laukaisijat. Lahnajokisten nimi oli kyllä ihan aiheellinen, koska heidän pelaajat eivät yrittäneetkään viedä palloa maaliin, vaan laukoivat heti vetopaikan löydettyään.

Avausmaalin ottelussa teki Korkeakangas, hyvästä pystysyötöstä, joka vapautti heidän keskushyökkääjän läpiajoon. Maalintekijää huudettiin "Santuksi", ja tunnistinkin hänet Aition Santeriksi, Jouppilan palloseurassa pelaavaksi hyökkääjäksi. Eli hän oli se pelaaja, joka johti maalipörssiä neljällä, nyt jo viisi maalia tehneenä.

Onnistuihan ne Lahnajokisetkin, tasoitus tuli hienolla vedolla aivan yläriman alle, ei voinut lyhyt maalivahti vedolle mitään.

Toisella puoliajalla kulmapotkun jälkitilanteesta tuomittiin Lahnajoelle rangaistuspotku, näytti kauempaa käsivirheeltä.

Laukomaan meni sama kaveri, joka oli tehnyt ensimmäisen maalin. Lyhyt maalivahti hyppeli sivulta toiselle, välillä kädet ylänurkkia kohti, yrittäen häiritä laukojan keskittymistä. Kaikki oli aivan hiiren hiljaa, kun laukaus lähti, sitten kuului huokauksia. Veto viuhahti hienoisesti yli maalin, vetäjä yritti taas korkeata palloa maalin yläosaan.

Tasaisissa merkeissä ottelu kulki päädystä päätyyn ja pistejako alkoi jo tuntua mahdolliselta lopputulokselta. Mutta peli kannattaa pelata aina viimeiseen saakka, kunnes erotuomari viheltää pelin poikki. Nyt taisi käydä Lahnajoen puolustukselle käydä niin, ettei ihan kunnolla otettukaan enää pelaajia vartiointiin. Santtu pääsi lisäämään omat kokonaisosumansa jo kuuteen ja viemään joukkueensa 2-1 johtoon. Taas hieno syöttö alusti maalin, nosto puolustajan yli, joka turhaan yritti vielä hypätä ja osua päällään palloon, jäi vain tilanteesta enemmän jälkeen. Santtu ehti ottaa pallon rinnalla haltuunkin siirtää vielä sopivalle kohdalle ja sitten sijoittaa pallon takanurkkaan.

Pelin loppuminuutit menivät nopeasti aikaa kuluttamalla, palloa potkittiin jopa sivurajojen yli mahdollisimman pitkälle. Mutta se riitti ja piti Korkeakankaan kiinni voitossa ja kolmessa pisteessä. He olisivat hyvin mukana vielä taistelemassa koko sarjan kärkipaikoista.

Jykke ja Arska olivat kentän laidalla, siirryttiin porukalla heidän luokseen. Hetken annettuaan lämmittelyohjeita meille, hän esitti huolestuttavan kysymyksen.

- Teitä on vain seitsemän, missä Elvis on?

- Nukkumassa, Toni huusi.

- Mä käyn hakee sen, selittäkää te, sanoi ja pinkaisin juoksuun.

Siellä se poika koisi yhä, keskellä hyppypatjaa.

- Elvis, peli alkaa kohta.

Hetken näytti siltä, ettei hän tiennyt edes missä oli ja minkä tähden. Hiljalleen alkoi hänen aivonsa raksuttamaan ja pienten venyttelyjen jälkeen hymy levisi kasvoille.

- Jopa tuli huilattua, nytkö jo on meidän pelin aika?

- Joo, toiset lämmittelee jo.

104

- No juostaan sitten.

Nyt oli sitten tosi paikka meillä, Salah ja Nefi puuttuivat ja kolme tyttöä joukkueessa. Siitä kuultiin huutoja jo ennen peliä katsojilta. Kuulemma joukkue on vahvistunut viime näkemästä, ja Ratisilla ei asu kuin tyttöjä. No, annettiin mennä huutojen ohi korvien, yritettiin keskittyä vaan omaan tekemiseen.

Pelin alussa, Rytkyn pallo jopa painosti meitä. Saatiin peli nopeasti ylös tytöille, mutta he menettivät pallon aina liian hätäisesti. Siitä tuli koko alakerralle niin paljon juoksemista, pallosta taistelemista, ettei meistä kukaan oikein jaksanutkaan hyökätä. Puoliajalle selvittiin sentään maalittomaan tasatilanteeseen ja sekin oli meille oikeastaan hieman liikaa. Rytkyn pelaajat olivat osuneet jo kolme kertaa tolppaan tai ylärimaan, hyvä kun me oli saatu edes jonkinmoisia hyökkäyksiä.

- Ei auta kuin taistella vaan, pienet asiat ratkaisee, huolella joka tilanteessa. Jykke neuvoi puoliajalla.

Pitkään mentiin samalla lailla puolustaen, mutta sitten se huolellisuus unohtui ja Paten purkupalloon tuli kierrettä niin, että se lensikin oman maalin eteen. Siitä oli helppo nopean pikkukaverin tökätä pallo verkon perukoille.

Rytkyn pallo taisi olla turnauksessa ensimmäistä kertaa johdossa, ja siitäkös he ottivat kaiken ilon irti. Jopa minua alkoi naurattamaan, miten niin pieni asia voisi antaa niin paljon ilon aihetta.

- Elvis, Pate, Valtsu, nyt pitää jaksaa ja mennä hyökkäyksiin mukaan, ei anneta periksi, kannustin.

- Paljonko on aikaa jäljellä? Kysyin tuomarilta.

- Nelisen minuuttia.

Ravistin epätoivoiset ajatukset mielestäni, meidän peli oli parantunut, nyt pitäisi vaan saada se maalintekopaikka.

Elvis näytti tajuavan mitä voisi tehdä, nopealla pyrähdyksellä ja vastustajan ohi aivan vierestä, niin että ensin kengän kärjellä palloa hieman ilmaan. Vastustaja luuli pysäyttävän pallon, mutta jalka kampittikin Elviksen, vapaapotku aivan rangaistusalueen rajalta.

Siinä se olisi, meidän joukkueen vaarallisin ase oli erikoistilanteet, niitä oli harjoiteltu lukemattomia kertoja. Meillä oli sellainen systeemi, se joka hommasi vapaapotkun sai päättää kuka vetää ja mitä kuviota käytetään. Kaikki pelaajamme juoksi Elviksen luokse ja odotti hänen päätöstään. Ensiksi hän näytti tuomarille vastustajien olevan liian lähellä, voisivat jopa kuulla meidän yrityksestä.

- Ylimääräiset pelaajat oikealle, Minä ja Pate pallon taakse. Jasu pallon vasemmalle puolelle, juoksen yli, siirto taaksepäin, Pate vetää vasemmalla.

Pate oli meistä oikeastaan ainut, kun osasi potkaista vasurilla, hän pystyi yhtä hyvin laukomaan molemmilla jaloillaan.

Suunnitelma oli hyvä, selvästi näytti, että aikoisimme laukoa muurin vierestä oikealta puolelta, maalivahtikin siirtyi liikaa

106

oikealle. Tytöt liikkuivat edestakaisin pitäen vastustajien puolustajat kiireisinä. Elvis lähti vauhtiin potkaisemaan, nostin jalan pallon päälle ja kun hän oli melkein kohdalla, pyöräytin pallon selkäni taakse. Pate oli jo silloin vauhdissa, vasen jalka heilahti ja niin heilahti myös verkkokin. Maali oli upea, maalivahti ei ehtinyt liikahtamaan paikaltaan, niin yllättävä se oli. Nyt oli meidän aika iloita, kiiteltiin myös Elvistä hyvästä ideasta. Tuota olimme harjoitelleet muutaman kerran omissa harjoituksissa.

Peli loppui, molemmat joukkueet tuntuivat lopulta olevan tyytyväisiä pistejakoon.

- Hienosti pelattu ja noustu vielä pisteelle, Arska kehui.

Koko porukka oli aivan väsynyt, oli puolustettu koko peli, loppupeliin vielä puolustajat jaksoivat auttaa hyökkäystä. Tytöt kyllä juoksivat kentällä saman verran, sille ei voi vain mitään, jos ei ole vielä pelannut ja harjoitellut yhtä paljon.

- Huomenna sitten puistoon, sanoin ja jatkoin.

- Salah ja Nefi tulee Helsingistä, kehutaan itseämme heille, toivottavasti heilläkin on hyviä uutisia.

- Onneksi ne pojat on ensi kerralla mukana, sanoi Elvis.

- Tiistaina kaikki iloisella mielellä harjoituksiin, Sen huusi Arska, joka tuttuun tapaan lähti Jykken kanssa kahville.

7. Pelit paranee

Sunnuntai aamun herätys todellisuuteen, ensimmäinen ajatus oli jalkapallossa, emme olisi enää sarjan kärjessä. Vielä edellisenä iltana pelien jälkeen kotona, piti minun väsätä uusi, voimassa oleva sarjataulukko.

Nivan palloseura 9 pistettä.

Fc Ratinen 7 pistettä.

Korkeakankaan pamaus 6 pistettä.

Lahnajoen laukaisijat 1 piste.

Rytkyn pallo 1 piste.

Yhtylän yllätys 1 piste.

Seuraava kierros oli jo aika ratkaiseva lopullisen tuloksen kannalta, nyt pitäisi ottaa loppukiri harjoittelussa. Vaikka ei varmaan kukaan muu joukkue harjoitellut yhtä paljon kuin me. Tänään iltapäivällä meillä olisi taas keskenään omatoimiharkat.

Sitä ennen ehdin tekemään kaikenlaista juttua, mikä oli jäänyt rästiin, niin kuin esimerkiksi kaupungin ympäriajo. Joskus minulla oli tapana muuten vaan kiertää pyörällä melkein koko kaupunki, siihen meni hieman yli tunti, jos ajoi lujaa, eikä jäänyt matkalla ihmettelemään asioita.

Huoneessani piti myös vaihtaa julisteiden paikkaa, yleensä parhaassa paikassa, ovessa sai olla vain viikon joku bändi juliste kerrallaan. Se oli sellainen kirjoittamaton sääntö, myös koulupöydän paikkaa piti kerran viikossa vaihtaa, niin ei kyllästyttäisi läksyjen teko.

Vihdoinkin pääsin puistoon, pelikavereiden luokse ja harjoittelemaan. Yksinkin voisi harkata, mutta se oli paljon kivampaa, kun toiset oli siinä mukana, vaikkakin välillä kaikki tekikin ihan omia juttuja.

Kaikki oli paikalla, Nefi ja Salah kuuli meidän tasapelistä, heistä oli hienoa, ettei joukkue hävinnyt vieläkään. Tuo positiivinen ajatusmaailma oli kyllä mainiota, hyvien ajatusten kautta asioihin kiinni.

- Meilä olla teille tuomisia Helsinkistä, Salah sanoi ja hänen äänestään kuuli jo, että alkoi käyttämään ä-kirjainta.

Pojat jakoi meille ranteeseen tulevat hikinauhat, tosi upean näköiset. Hieman he hölmistyivät, kun huomasivat uuden pelaajan. Nefi otti omasta ranteestaan nauhan ja ojensi sen Katille

- Tama on sinule, Nefi sanoi, Kati jäi sanattomana ihailemaan tummaa sankariaan.

- Love me tender, love me true, Elvis alkoi hoilottaa ja kaikki nauroi taas.

Pojat kertoivat Helsingin reissun menneen loistavasti, puhumisen kanssa tietysti piti harjoitella, mutta sitäkin kiitettiin. Kyselivät myös sosiaalisista kontakteista, tästä joukkueesta saatiin paljon kehuja, että olimme jo mukana paikallisessa toiminnassa. He pääsisivät syksyllä samaan kouluun meidän kanssa, se oli aika hieno uutinen.

Salah tuli luokseni pallon kanssa.

- Minulla on uusi harhautus, oikeasti kaksi eri juttu.

- Näytä, innostuin heti.

- This is speed elastic, en tietää suomalainen nimi tälle.

Hän käski minut kauemmaksi ja käski puolustaa, lähti sitten kuljettamaan kohti. Lähellä hän siirsi palloa oikealle ilmassa ja samalla kertaa vielä takaisin vasemmalle, niin ettei pallo käynyt ollenkaan maassa. Minä meni täysin tuohon harhautukseen, liikuin väärään suuntaan, sinne minne Salah halusikin.

- Hieno, näytä vielä hitaasti.

Tuota harjoittelimme niin uppoutuneesti, ettei tiedetty ollenkaan mitä muut tekivät.

- Muista Jasu, vartalo pitää myös liikkua harhautukseen, muuten ei vastustaja usko, ei mene harhautukseen. Silloin kun Salah puhui hitaasti, niin kieli oli lähes täydellistä.

Toistettiin ja toistettiin harjoitusta, me olimme juuri sopivia vastuksia toisillemme, samalla myös kannustimme ja huomautimme virheistä.

- Minä opetan huomenna sinulle uuden harhautuksen, tänään on jo liian myöhä, eikä kannata sekoittaa nyt tätä opittua.

- Kiva, me lähdetään nyt Nefin kanssa kotiin.

Kaikki hajaantui taas yhden harjoituskerran jälkeen, pikkaisen taas ehkä parempana pelaajana.

Jalkapallo uutiset koulussa olivat lähinnä liikunnan open avuksi Yhtylään tuleva toinen valmentaja, joka pelaa aikuisten sarjatasolla. Useat oli kuitenkin sitä mieltä, ettei sitä joukkuetta enää voinut pelastaa.

Meidän joukkueesta tietenkin eniten muita kiinnosti se tyttöjen määrä. Varsinkin Nivan suunsoittajat ilmoittivat pistävänsä sarjan viimeisessä osassa tytöt ihan kuutamolle. Mielessä kävi, ettei kannattaisi uhota ennen pelejä, sehän nähtäisiin sitten.

Yritin tunneilla keskittyä tosissaan opiskelemaan niitä aineita mitä milloinkin oli. Jalkapalloa oli jo minulla joka päivä, ajatusten siirtäminen välillä muuhunkin juttuun, innosti sitten enemmän harjoittelemaan.

Tänään oli taas omatoimiharkka puistossa, eikä läksyihin kauheasti voinut aikaa kuluttaa. Onneksi ne tuntuivat kovin helpoilta, vaikka historian läksyksi tullut kappale, joka piti lukea, ei oikein voinut nopeuttaa. Luin sen kuitenkin kahteen kertaan, jos vaikka pistokokeet opettaja pitäisi.

Tänään oli minun vuoroni opettaa Salahille uusi harhautus, hieman jännitti, jos hän tiesi sen jo ennestään. Näytin Ronaldon tekemän jalan noston pallon yli niin, että ensi oikea jalka kulki pallon pintaa vasemmalta oikealle. Astuttiin riittävän kauas pallosta, vietiin kroppa myös siihen suuntaan, aivan kuin oltaisiin lähdössä sinne kuljettamaan. Sitten sama tehtiin toisella jalalla oikealta vasemmalle. Kolmannella kerralla oikea jalan

111

pohja otti pallon mukaan vasemmalle, vastustajan luulevan sitä taas pelkäksi nostoharhautukseksi.

- Vau Jasu, sinä osaat kuin Ronaldo.

- Ei se aina onnistu, mutta ei se haittaa, pitää vaan kokeilla seuraavassa pelissä, pitää myös uskaltaa epäonnistua.

- Just niin, muuten ei opi, eika pelkkä harjoituksessa tekeminen ole rohkeaa, Salah nauroi.

- Sun vuoro kokeilla, nyt opetellaan.

Taas tehtiin harjoittelua vuoron perään, koko ilta, pelkkiä toistoja. Valtsu ja Elvis laukoi Tonille, joka oli maalissa keinutelineen välissä. Pate ja Nefi tuntui enemmänkin viihdyttävän tyttöjä kuin harjoittelevan heidän kanssaan, sellaista naurua heiltä kuului.

Huomenna olisi taas valmentajan pitämät harjoitukset, onpahan meillä näytettävää, mitä uusia juttuja olimme oppineet.

Koulun liikuntatunnilla opettaja päätti, että kaikki pelaa pesäpalloa, hänen mielestään jalkapalloa on nyt liikaa kaikkien ohjelmistossa. Ainakin hän oli tasapuolinen tällä kertaa, eikä suosinut ketään. Pesäpallo on ihan mielenkiintoinen laji, hyvinkin taktinen jos sitä oikein tosissaan aletaan pelaamaan. Meillä se oli vain lähinnä pallon lyömistä mahdollisimman pitkälle.

Kopilla oli porukka taas kasassa, joukkueeseen kuului nyt kymmenen pelaajaa Katin tultua mukaan. Jykke ja Arska oli kovin kiinnostunut poikien Helsingin reissusta, siitä minkälaisia testejä heille tehtiin.

Näytettiin alkulämmön jälkeen Salahin kanssa meidän harhautukset, nyt onnistuin molempien näytöt eka kerralla.

- Tosi hienoa, tuo on sitä mitä valmentaja toivoo. Ensinnäkin omatoimista harjoittelua, mutta sen lisäksi ajatus mukaan, miten tehdään ja miksi.

Arska näytti peukkua ja toiset pelaajat taputtivat, kyllä tuntui mukavalta.

Mutta sitten oli päivän harjoituksen vuoro, pallon suojaus. Viime pelissä jonkinlainen paniikki sai välillä unohtamaan perusasiat. Yksi vastaan yksi tilanteessa pitää pystyä pitämään ja suojaamaan palloa jonkin aikaa.

Otettiin tasaiset parit, no yksi tytöistä sai tai joutui valitsemaan jonkun pojan parikseen, Salla valitsi minut. Pallo vain sopivalle etäisyydelle itsestä, ettei pääse jalkojen välistä sitä pois tyrkkäämään. Jalka mielellään pallon päälle, pallon liikuttaminen jalkapohjalla.

- En minä ikinä saa sinulta palloa pois, Salla totesi.

- Hei huomaatko, minä pidän käsiä hieman täällä takana, vaikka en koko ajan näe sinua, yritän käsillä tuntea mihin suuntaan aiot liikkua.

- Aika ovelaa, minäkin kokeilen.

Sallakin alkoi saada juonesta kiinni, en minä tietysti ihan samalla lailla palloa pois yrittänyt kuin jos siinä olisi joku poika.

113

- Hei sitten kun haluat päästä siitä vastustajasta eroon, niin pyörähdät vain ympäri niin, että kädet on sivuilla tasapainottamassa. Samalla siirrät sen vastustajan selkäsi taakse kuin itsestään. Kokeile!

Salla oppi senkin, aluksi vain käytti liian vähän voimaa käsillä, mutta kun hoksasi jutun niin alkoi sujua.

- Hei, kiitos taas kaikille, oli hyvä harjoituspäivä. Torstaina sitten viimeinen, taas ennen pelipäivää. Alkaa nuo ottelutkin vanhaa miestäkin jännittämään, ei muuten mutta kun te olette niin hyviä.

Kyllä valmentaja saa pienillä sanoilla kaikki yrittämään enemmän ja uskomaan itseensä.

Ihan kaikkia koutsin hyviä neuvoja en aina muistanut noudattaa. Koulussa uskonnonopettaja, pyysi kirjoittamaan vihkoon läksyksi tulleen kappaleen, niin hyvin kuin muistaisi. Minä kun en ollut lukenut koko kappaletta, niin jonkin aikaa istuin pulpetissa tyhjän paperin ääressä. Viimein opettaja huomasi ahdinkoni ja pyysi minua lukemaan sen, päivän jokaisella välitunnilla. Sinä päivänä en paljoa kavereiden kanssa ehtinyt keskustella, mutta opin aika hyvin mistä palmusunnuntai on saanut nimensä ja kaikenlaista muutakin.

Koulun jälkeen oli ihan pakko tehdä huolella läksyt, tuntui kuin en ehtisi puistoon ollenkaan. Oli matikan laskuja, Englannin kielioppia, jopa biologiasta oli tehtäviä, mitä tuli siitä aineesta tosi harvoin. Piirtelin nopeasti kukan osat vihkoon,

114

emistä verholehtiin asti. Sitten vielä kasvin tehtävät ja yhteyttämiseen tarvittavat osaset.

Puistossa olikin sitten yllättäen muitakin, jostain ihmeestä pikku muksut olivat vallanneet puiston ja osa leikki nurmialueellakin. Voisi siellä heidän seassa harjoitella, mutta ei se onnistuisi ihan kunnolla. Istuttiin, osa hiekkalaatikon reunalla, osa pyörien päällä miettimässä asiaa.

- Mennaan meidan puisto, siellä hyvä nurmikko, puusta tehdyt tolpatkin, Nefi ehdotti.

- Kannatetaan, ei täällä voi tänään tehdä mitään, paitsi jos haluaa leikkiä, niin se onnistuu. Kati yhtyi Nefin ehdotukseen.

- Sinne sitten, ne kenellä ei ole pyörää, niin hyppää toisten tarakoille, Toni ilmoitti.

Koko joukkue lähti liikkeelle, pientä kilpailuakin oli siinä matkalla. Perillä odotti aikamoisen hieno nurmialue, paksut lankut oli kaivettu maahan maalitolpiksi. Muutama poikien kaveri tuli välittömästi juttelemaan, heidän omalla kielellään. Katseet kävi meissä, niin arvattiin, kenestä siinä juteltiin. Näillä oli tapana aina tavatessa lyödä kättä tervehtien, olin nähnyt sen aikaisemminkin. Minusta se oli hienoa, aika sellaista yhteisöllisyyttä. Tuo olisi hienoa meidänkin kaveripiireissä, mutta ei se ikinä onnistuisi.

Salah tuli kertomaan uutisia heidän keskustelustaan. Nuo toiset pojat kysyivät, voisimmeko pelata heitä vastaan, jos he keräisivät nopeasti joukkueen. Nuokkarin vieressä oli

115

hiekkakenttä, jossa oli oikeat maalitkin, pelaisimme siinä.
Kaikki oli sitä mieltä, että se olisi tosi mukavaa, huomenna olisi
kuitenkin oikeat harjoitukset. Ehtisimme silloin treenata ja
harjoituspeli olisi ihan parasta, saisi kokeilla kaikkia uusia juttua
ilman, ettei niistä aiheutuisi vahinkoa.

Kaikki kymmenen sai olla kentällä yhtä aikaa, ei olisi
järkevää nyt kenenkään olla sivussa. Vastustajilla oli välillä yksi
enemmän, mutta muutamat oli heistä aivan nuoria. Peli aaltoili
puolelta toisella, molemmat saivat maaleja ja kaikilla tuntui
olevan mukavaa.

En ollut huomannutkaan, kuinka paljon kentän laidalle oli
tullut katselijoita. Silloin vasta, kun sieltä alkoi kuulua huutelua,
vilkaisin laidalle. Pelaajille sateli ohjeita, tai neuvoja, mistä me
ei ymmärretty yhtään mitään.

Pelin päätyttyä vastustajat asettuivat jonoon, Salah näytti, että
pitää kätellä vastustajia, niin kuin oikeissakin peleissä. Monet
pelaajista kiittivät samalla kun käteltiin ja jokaisen kasvoilla
näkyi iloinen ilme.

- Kiitos kaikille, Salah kuulutti.

- Tama oli iso juttu, pojat saivat pelata oikeata peli, pitkan
ajan jälkeen, kaiki iloisia, hän jatkoi.

Sovittiin tulevamme toistenkin, niin mukavaa se oli. Oli aika
palata kotiin.

Kerrottiin torstain harjoituksissa valmentajille, Jykkelle ja
Arskalle meidän harjoitusottelusta.

- Aina vain paranee tämä teidän touhu, jokaiselle mahdollisuus pelata, sen on parasta mitä voi tehdä. Ihan kaikki ei suostuisi pelaamaan vaikkapa pienempien kanssa, tai tyttöjen, Jykke naurahti.

- Jospa se onkin niin, että me huolitaan pojat mukaan pelaamaan, Salla totesi nenä pystyssä.

- Eiköhän aleta harjoittelemaan, Toni ärähti joutavalle suunsoitolle.

Tehtiin lämmittelykierrokset, veryttelyt ja sitten kunnon venytykset päälle.

Tänään puhuttiin siitä, kun meillä on jo aika paljon erilaisia pelisysteemejä ja niiden muistamisessa alkoi jo usealla olla tekemistä. Niinpä nyt ei opeteltaisi enää uusia, vaan keskityttäisiin vanhojen kuvioiden muistamiseen ja hiomiseen huippuunsa. Käytiin läpi ristipallot ja meille ehkä parhaimman hyökkäyskuvion, alhaalta lähtevä hyökkäys, seinä kolmannelle.

Lopuksi pelattiin kahta erilaista peliä. Ensimmäisessä joukkue piti palloa mahdollisimman pitkää, ilman, että edes yritettiin maalintekoa. Arska otti aikaa meiltä ja huomasimme, kuinka minuuttikin oli pitkä aika pitää palloa omalla joukkueella. Jykke neuvoi välillä pidemmät syötöt ja puolenvaihdot, niillä sai hieman peliä rauhoittumaan.

Toinen peli meni sitten niin, että maalintekoa sai vasta kymmenen syötön jälkeen yrittää, siinä oppi pelaamaan taaksepäin.

117

- Taas hyvä harjoitus kaikilta, lauantaina mukaan iloista mieltä ja juotavaa, on luvattu lämmin päivä.

- Moikka kaikille.

Perjantaina koulussa oli hammashoitolasta naisia mukanaan kaikenlaisia uusia hampaiden hoitomenetelmiä. Saatiin uudet hammasharjat, sitten hoitaja näytti mallia harjaukseen. Sen jälkeen kaikkien piti harjata hampaansa oikein kunnolla, ettei yhtään likaa jäisi. Yllätykseksi, heillä oli meille harjauksen jälkeen suussa purskutettavat väritabletit, jotka tarttuisivat vain hampaisiin jääneeseen blakkiin. Tietysti yhdellä sun toisella helotti suu sen jälkeen punaisena, aine lähti kuulemma kulumalla tai pesemällä pois. Niinpä illalla puiston harjoituksissa Nefi ja Salah oli hieman ihmeissään joukosta punahampaisia kavereita. Varsinkaan kun kukaan ei oikein osannut selittää heille ymmärrettävästi, mistä väri suussa johtui.

Palloteltiin ja irvisteltiin punaisine hampaineen siinä sitten ilta, tuntui, ettei huomiselle voitu enää enempää tehdä.

Pitihän minun vielä kotona tehdä kaikenlaisia mahdollisia analyysejä huomisista peleistä. Meillä olisi vastassa yhden pisteen saanut Lahnajoki, joka kuitenkin oli pelannut tasaisia otteluita. Nivalla olisi kovin vastustaja, Korkeakangas, joka hamuaisi myös sarjan kärkeen. Toisen valmentajan liikunnan open rinnalle saanut Yhtylä, pelaisi sarjan häntäpään taistelun Rytkyn Palloa vastaan. Siinähän sitä jännitystä olisi lauantaille.

Meillä oli päivän ensimmäinen peli, silti olin jo tuntia ennen kentällä. Kentänhoitajat laittoivat vasta maaleja paikoilleen, kun saavuin paikalle.

Tarkistin ensin varusteet, kengännauhat kunnolla kiinni ja sukissa teipit säärisuojien ala- ja yläpuolella. Yhden banaanin aioin syödä hieman ennen ottelua, siitä saisin lisäenergiaa. Aluksi kuitenkin hölkkäsin hieman kentän laidalla, lämmittäen lihaksia. Näin kun Toni ja Arska tulivat kentälle, viitoin heille missä minun kamani olivat. Hetken kuluttua siellä alkoi olla jo koko joukkue, lopettelin hölkän ja liityin porukkaan.

- Jasu se on juossut jo koko aamun täällä, Toni vitsaili.

- Enkä, äsken tulin, vähän ehtisin lämmitellä.

- No, ehkä me muutkin aloitetaan, tänään on tärkeä peli.

- Älkää puhuko mistään tärkeästä pelistä, alkaa vaan liikaa jännittämään, nyt jo tärisee jalat, Sanni kimitti.

- Jännitys on vaan hyvästä, pysyy aistit vireänä.

Kokoonnuttiin vielä ennen peliä kuuntelemaan viime hetken ohjeet valmennukselta. Laitoja pitäisi käyttää, rohkeita yrityksiä, ei saisi pelätä epäonnistumista. Ristipallot, pallon kierrättäminen alakautta ja sitten seinäsyötöillä lähdöt hyökkäyksiin. Siinä olisivat meidän taktiikat tähän otteluun.

Kauempaa alkoi kuulua meteliä, joka kiinnitti kaikkien huomion. Iso porukka tuli kenttää kohden, etumaisella oli jopa rumpu, jolla hakkasi tahtia.

- Äf cee, huusi osa tulijoista.

119

- Ratinen, huusi loput.

Tulijat olivat niitä poikia, keitä vastaan pelattiin siellä Nefin ja Salahin puistossa keskiviikkona. Hehän asuivat ja kuuluivat Ratisen alueeseen, nyt he olisivat meidän huutosakkina. Aivan mahtavan hieno tunnelma alkoi tulla jo ennen peliä kentälle, tuntui uskomattomalta tuollainen kannustus.

- Ihan kuin ei olisi jo ollut jännitystä tarpeeksi, nyt on hirveät paineet onnistua, Sanni sanoi.

- Nyt pelataan sitten tosissaan.

Peli alkoi, pallo liikkui meidän pelaajalta toiselle, tuntui kuin hallitsisimme helposti tätä ottelua. Hyökkäykset vain tuntuivat töksähtävän ennen heidän rangaistusaluetta, yksi toisensa jälkeen. Vastustaja olikin laittanut kaikki parhaimmat pelaajat puolustukseen ja siellä ne pysyivätkin. Ei saatu sitä kilpikonnapuolustusta rikki millään ensimmäisellä jaksolla.

- Hyvin menee, Jykke sanoi.

- Mutta nyt pitää tehdä jotain, nyt ajetaan siitä läpi mistä he eivät odota, keskeltä.

- Miten se onnistuu? Elvis kysyi.

- Harhautuksilla, yhtään en ole vielä tänään nähnyt, Jykke vilkaisi minua ja Salahia.

Hän oli aivan oikeassa, juuri viikolla näytettiin niitä hänelle ja harjoiteltiin melkein joka ilta, mutta ei tänään vielä ainuttakaan.

- Salah, nyt otetaan harhautukset käyttöön, sanoin.

120

- Selva, kaikki yrittää hienoja juttu, harhauttaa.

Lyötiin kättä, ylävitosia, jokainen oli varma, että onnistuisimme vielä.

Toinen puoliaika, kuin toisinto ensimmäisestä, mutta jotain oli tulossa. Ensimmäisenä Salah teki loistavan harhautuksen, astuen pallon päälle, pyörähtäen ympäri ja suuntaa muuttaen vetäen pallon jalkapohjalla mukaansa. Vapaa maalintekopaikka, upea laukaus ja pallo tolpan kautta takaisin kentälle.

- Vielä se menee, Elvis huusi.

Seuraavaksi tilanne osui minulle, muutamaa minuuttia myöhemmin. Yksi vastaan yksi tilanne, vastustajaan matkaa viitisen metriä. Kuljetin suoraan kohti, jalka pallon yli vasemmalle, vartalo mukaan harhautukseen. Siirto oikealle, rytmin vaihto ja ohi vastustajasta. Maalivahti tuli vastaan, niin ettei jäänyt vapaata kohtaa, päätin nostaa yli. Kevyt kosketus pallon alle, saatto ylös polvi koukistuen. Pallo putosi maalivahdin selän taakse, pomppien tyhjään maaliin. Meteli oli sanoin kuvaamaton kannattajien joukoissa, juoksin heidän eteensä kädet ilmassa. Tämä oli kuin maailman mestaruuskisoissa, tämä oli jotain aivan upeaa.

Koko joukkue oli kasassa meidän oikeiden kannattajien edessä, kaikki taputtivat toisiaan selkään. Tuntui kuin ottelu olisi jo ohi, vaikka vastustajat olivat asettautuneet omalle kenttäpuoliskolleen jo jatkamaan peliä. Tuomari puhalsi pari kertaa, oli aika lopetella juhliminen ja keskittyä taas loppu peliin.

- Uudestaan vaan, harhautusten kanssa, sanoin Salahille ja näytin kohti vastustajien maalia.

Saatiin pallo nopeasti pois vastustajilta, yhdellä seinäsyötöllä pallo oli Elviksellä. Hänkin teki jalka pallon yli harhautuksen ja lähti ohittamaan puolustajaa. Juuri kun hän oli laukomassa, puolustaja liukui pallon eteen. Elvis astui pallon yli ja antoi kantapäällään aivan upean syötön vapaana olevalle Salahille. Salah yllätti ja siirsi pallon vasemmalle jalalle, laukaus ylärimaan, kaikkialta kuului voihkaisuja. Jo toisen kerran maalipuut pelastivat vastustajan ja ehkä myös tuomarin loppuvihellys. Hallitsimme peliä mielin määrin, onneksi saimme murtauduttua heidän puolustusmuurin lävitse, voitimme pelin 1-0.

- Hienoa, loistavaa, Arska kehui.

- Sehän meni suunnitelman mukaisesti, täydet pisteet ja peli oli meidän hallinnassa koko ajan, Jykke kiitteli.

- Kiitos, hieno syöttö Elvis, Salah kertasi peliä.

- Toni, nollapeli, hienoa, Nefi kehui.

- Helppo peli mulle.

Tytötkin pyyhki hikeä otsaltaan, niin olivat juosseet hekin pelissä. Huomasin Nefin ranteen, hän oli ainoa, jolla ei ollut hikinauhaa, vaikka juuri hän oli nämä hankkinut. Se oli taas sitä joukkueen eteen uhrautumista, mutta kyllä hänkin omansa ansaitsisi.

Meidän urakka oli ohitse, osa pelaajista lähti kotiin, minä jäin katsomaan ja jännittämään vielä muita pelejä. Seuraavaksi olisi vuorossa Nivan ja Korkeakankaan välinen ottelu.

Me olisimme nyt sarjan johdossa, Korkeakankaan voitto pitäisi meidät siellä. Tasapelillä olisimme Nivan kanssa tasapisteissä, ottelusta tulisi ainakin minulle huippujännittävä.

Peli alkoi molempien nopeilla hyökkäyspeleillä, tuntui ettei kumpikaan joukkue ehtinyt puolustamaan lainkaan. Ensimmäisen maalin sai Korkeakankaan pamaus. Juoksukilpailu hyökkääjän ja puolustajan välillä päättyi pakin jalan revähdykseen, tai nivusen. Joka tapauksessa Aition Santtu, tuo maalipörssin kärkeä pitävä hyökkääjä, pääsi kahden maalivahdin kanssa. Ei auttanut vastaantulokaan, rohkea sijoitus jalkojen välistä verkkoon.

Nivan Pallo, varsinkin Kalle pääsi muutaman kerran kokeilemaan maalivahdin torjuntataitoja, mutta ei onnistunut yllättämään.

Seuraavan maalin tekijä oli taas Santtu, kulmapotkusta päällä verkkoon. Vaikka koittivat pitää tarkasti ja tiesivät Santun vaarallisuuden, niin pienellä harhautuksella pääsi vastustajasta irti, löytäen palloon yltävän väylän.

Nivan pelaajat alkoivat turhaantua, kentältä kuului jo omien pelaajien arvostelua, komentelua ja sellaista huutoa mikä ei sinne kuuluisi.

Peli synkkeni entisestään Pietarin loukattua pohkeensa, taas juoksutilanteessa. Minusta nuo loukkaantumiset johtuivat pelkästään huonosta alkulämmittelystä ja veryttelystä. Katsoin ennen peliä molempien joukkueiden valmistautumista ja se oli oikeastaan pelkästään laukomista maalia kohden. Ainoa, joka sai kunnolla lämpöä, oli maalivahti ja hänenkin venyttelyt taisivat unohtua.

Kuitenkin Kallen neljäs laukaus painui maaliin ja ottelu kaventui hieman, mutta vain hetkeksi. Hat trick oli valmis Santun päästyä karkuun ja puolustajan kaadettua hänet rangaistusalueella. Vaikka hieman loukkasi jalkaansa, laukoi hän varmasti pallon oikeaan alakulmaan. Kolmen maalin tekijä, en voinut kuin ihailla hänen taitojaan.

Ottelua oli jäljellä enää viitisentoista minuutti, kun Santun oli mentävä kipeän jalan takia vaihtoon. Pelissä oli juostu päästä päähän niin paljon, että useat pelaajat alkoivat väsähtää ja tilanteita sateli vielä molempien joukkueiden hyökkääjille.

Kavennus yhden maalin päähän tuli viisi minuuttia ennen pelin päätösvihellystä. Kallen laukaisuharhautus ja syöttö vapaalle pelaajalle oli ihan hyvä suoritus ja ehkä ansaitusti tilanteeksi 2-3.

Pelaajat huutelivat, että aika loppuu, viimeinen mahdollisuus. Niva sai kulmapotkun vasemmalta puolelta. Kaikki pelaajat asettuivat Korkeakankaan maalille, jopa maalivahti tuli tilanteeseen mukaan. Keskitys lähti kaaressa, maalivahti sai ikäväkseen vain hieman sormia väliin. Pallo olisi muuten mennyt kaikkien yli, nyt se putosi maalin edustalle. Alkoi armoton potkiminen molempiin suuntiin, kunnes jonkun jalka sieltä ruuhkasta sai sohaistua pallon maaliviivan ylitse.

Korkeakankaan pelaajat protestoivat tilannetta maalivahdin häirinnäksi, Nivan pelaajat juhlivat. Tuomari näytti keskialoitusta, eli maali hyväksyttiin ja peli olisi tasan. Eikä tullut enää tilanteita, vaan ottelu loppui siihen.

Hieman olin harmissaan Korkeakankaan puolesta, mutta viikon päästä kaikki olisi omissa käsissä, hoidettaisiin vain homma kotiin.

Päivän viimeinen ottelu pelattiin Yhtylän ja Rytkyn välillä. Peli ei hienouksia tarjonnut, mutta maaleja sitten senkin edestä. Puoliajalla oli jo tilanne Yhtylän hyväksi 3-2. Sama tahti jatkui toisella jaksolla, molempien tehtyä pari maalia lisää. Liikunnanopettajan uusi apuri toi lisää oppeja, ainakin hyökkäämiseen ja ensimmäinen voitto tuli 5-4 lukemin.

Päivän ottelut ja sarjan neljäs, toiseksi viimeinen kierros oli saatu päätökseen.

Illalla oli taas minun aika piirtää sarjataulukko tilanteen tasalla olevaksi.

125

1. Fc Ratinen 10 pistettä
2. Nivan Palloseura 10 pistettä
3. Korkeakankaan pamaus 7 pistettä
4. Yhtylän yllätys 4 pistettä
5. Lahnajoen laukaisijat 1 piste
6. Rytkyn pallo 1 piste

Laitoin meidät ykkösiksi, vaikka olimme tasapisteissä, mutta se tuntui hyvältä.

8. Valmistautuminen

Viimeinen viikko jalkapallosarjassa käynnistyi, ensi lauantaina ratkeaisi kaupungin mestaruus. Vielä olisi tämä viikko aikaa harjoitella ja keksiä uusia juttuja. Samalla alkoi myös koulun kaksi viimeistä kouluviikkoa, ennen kesälomaa. Pitäisi jaksaa keskittyä läksyihin ja lukea kokeisiin. Meillä olisi tällä viikolla joka päivä koe jostain aineesta, tietysti ne vaikuttaisi suuresti todistuksen numeroihin.

Päätin tehdä tästä hyvän viikon itselleni, yrittää sekä jalkapallossa, että koulussa tehdä parhaimpani. Ensimmäinen koe oli heti aamupäivällä, ennen ruokatuntia, matematiikkaa. Siihen minä en ollut valmistautunut mitenkään. Minusta laskut joko osasi tai sitten ei, mutta ei niitä voinut harjoitella, kun kuitenkin kokeessa tulisi erilaiset luvut.

Loppupäivän tunnit kuluivatkin sitten lukien biologiaa niin, että opettaja ei huomannut. Kaikki lukeminen mitä ehtisin tehdä koulupäivän aikana, antaisi minulle enemmän harjoitteluaikaa illalla jalkapalloon. Luin auringon ja kasvien fotosynteesistä, välillä nostaen katseeni taululle, aivan kuin olisin mukana opetuksessa. Hyvin se toimi, ainakin ehtisin käydä päivän aikana läpi lähes koko oppikirjan.

Koulun jälkeen luin vielä loputkin ja opin kaikenlaista aina ruuansulatuksesta, sekä ihmisen tarvitsevan bakteereita sisälleen.

Minä tarvitsin nyt paljon raitista ilmaa, jalkapalloa ja harjoituskavereita. Kirjan kannet kiinni, pallo kainaloon ja kohti puistoa.

Karin pojat eivät olleet tulleet vielä paikalle, joten minulla oli muille ehdotus.

- Ostetaanko Nefille porukalla hikinauha, hän on ainoa kenellä ei ole sellaista, vaikka hommasi joukkueelle ne.

- Tietysti ei ollut laskenut minua mukaan, kun ei tiennyt, että olin tullut joukkueeseen, Kati sanoi surullisena.

- Onko ne kalliita? Toni kysyi, tiesin hänellä rahan olevan tiukassa.

- Ei semmoinen paljoa maksa, urheiluliikkeessä myydään yksittäin niitä.

- Voitas tehdä niin, että jokainen antaa sen mitä pystyy, toisiko vaikka huomenna kouluun, minä laitan sitten loput mitä tarvitsee, Kati ilmoitti.

Toni yskäisi, Kati ymmärsi Tonin olevan toisessa koulussa, mutta työnsi vain kädellä hänet pois.

- Nyt aletaan harjoittelemaan, Nefi ja Salah tulee tuolta, ja hiljaa vielä siitä jutusta, yllätykset on kivoja, Kati innosti.

- Let's play rock'n roll, Elvis lauleli.

Salahin kanssa harjoiteltiin taas uusia kikkoja ja harhautuksia. Me oltiin hyvä pari, innostettiin toisiamme, sekä molemmat etsi aina uusia juttuja. Minulla oli sellainen syötön vastaantulo, mitä piti aina tehdä, siihen liitettynä haltuunotto jalkojen välistä toiseen suuntaan.

Salah näytti taas, miten syötön pystyi nostamaan ulkosyrjällä ja samalla nostamaan itsensä, sekä mahdollisen vastustajan yli. Se oli hieno temppu, mutta ihan mahdollinen yrittää pelissä.

Tänään oli osalla lyhyet harjoittelut, koe viikon takia. Huomenna sitten kentälle valmentajan pitämiin harkkoihin. Lopulta ei ollut kuin minä, Nefi ja Salah enää puistossa, mekin istuttiin jo keinuissa.

- Joko te olette oppineet sanomaan äät ja ööt?

- Minä, sinä, pöö, Salah sanoi ja osoitti Nefiä.

- Maitö, ei, ei ole, se on maito, no äiti, Hän sanoi onnistuneesti.

- Hyvin menee, vaikka pääasia on, että ymmärretään toisiamme.

- Just niin, huomiseen Jasu.

- Moi, moi vaan.

Biologian koe meni ihan hyvin, osasin vastata kaikkiin kysymyksiin. Oikeastaan ainut asia, josta en ollut lukenut, mutta muistin entuudestaan, oli keuhkojen toiminnasta. Kysymyksessä viitattiin tupakanpolton vaikutukseen keuhkoissa. Tiesin, että tehtävänä oli kuljettaa happea elimistöön ja poistaa hiilidioksidia. Tupakoitsijalla happea ei pystynyt kulkemaan niin paljon vioittuneiden ja likaantuneiden keuhkojen takia. Otin tuon kaiken selville, kun kiinnosti juuri se, miten se vaikuttaa jalkapalloilijoihin. Tarpeeksi hyviä syitä olla aloittamatta.

Keskiviikon koe olisi fysiikasta ja kemiasta, ehkä minun vaikein aine. Yritin taas lukea toisilla tunneilla niin paljon kuin mahdollista. Englannin tunnilla pänttäsin päähäni sähkömagneettista induktiota. Vaikka kysymyksessä oli fysiikan perusilmiö, ainakin kirjan mukaan, niin se ei vaan mennyt minun kallooni. Minun oli pakko yrittää opetella nuo lauseet ulkoa.

Tankatessani tuota ihmeellistä induktiota, en huomannut ollenkaan opettajan seisovan minun takanani. Hän kyllä arvosti näkemäänsä ja minun kiinnostustani fysiikkaan niin paljon, että sain jäädä vielä koulun jälkeenkin lukemaan sitä tunniksi.

Välkällä vein Katille pari pientä kolikkoa, muutkin olivat jo tuoneet, hän aikoi heti koulun jälkeen käydä siellä urheilukaupassa. Kerroin jääväni jälki-istuntoon, voi olla, että myöhästyisin tänään harkoista.

- Miten joku voi saada jälkkärii siitä, että opiskelee, Salla nauroi katketakseen.

- Sanos muuta, on se niin väärin.

Koulu loppui kolmelta ja puoli tuntia oli jo kulunut jälkkäristä. Olin lukenut koko ajan kemiallisen- ja molekyylikaavan merkkien ja numeroiden merkityksestä. Yritin kuitenkin ilmoittaa opettajalle ensin jälki-istunnon vääryydestä, koska se tuli opiskelemisesta. Sitten ilmoitin meidän harjoituksista, tiesihän opettaja meneillään olevasta kaupungin osien välisestä jalkapallosarjasta. Voisi olla, että tänään puuttumalla harjoituksista olisi suuri vaikutus lauantain pelien lopputuloksiin. Opettaja katsoi tyynesti minua ja ilmoitti hiljaisuudesta jälki-istunnosta. Noista minun selittelyistä tuli puoli tuntia lisää istuttavaa.

Nyt olin hiljaa, vaikka pihisin kiukusta. Tekisi todella tiukkaa ehtiä harjoituksiin, varusteetkin piti ensin käydä vaihtamassa. Ei minun opiskelusta enää tullut mitään, aloin piirtämään vapaapotkun eri kuvioita paperille. Olisi edes jotain hyötyä täällä istumisesta ja valvoja luulisi minun varmaan jotain laskutehtäviä kirjoittelevan.

Kello napsahti hiljalleen puolta kohden, ja viimein se viimeinen minuutti meni. Katsoin opettajaa, en uskaltanut sanoa mitään, odotin vain lupaa poistua.

- Toivottavasti opit jotain, hän sanoi.

- Ole hyvä, voit mennä.

Juoksin käytävää pitkin, ulko-ovesta ulos kohti pyörääni, onneksi en tullut kävellen. Matkalla kotiin miettisin valmiiksi järjestyksen, mitä tekisin kotona. Juomapullon täyttö, nappikset jalkaan, ei kun ensin tietysti sukat ja säärisuojat. No säärisuojat pullon kanssa reppuun, ne ehtisi siellä kentälläkin.

Lopulta en myöhästynyt kuin ehkä minuutin, toiset odottivat vielä kopilla minua. Hikipinko, opettajan suosikkipoika kuului ilveilyä toisten suusta, minä en sanonut mitään.

131

Kati antoi Nefille hikinauhan, sellaisen kolmevärisen, todella upean. Se oli kiitokseksi kaikesta mitä hän oli meidän joukkueen eteen tehnyt ja tietysti näistä meille antamistaan hikinauhoista.

Nefi laittoi nauhan ranteeseensa, näytti sitä ilmassa muille, hänen kasvoilleen levisi iso hymy.

Nefi kertoi heidän alueen nuorten kysyvän meitä taas perjantaina pelaamaan heidän kentälleen. Katsoimme Jykkeä, mitä mieltä hän olisi. Ei tietystikään hänellä ollut mitään sitä vastaan, päinvastoin, hyvä ajatus.

Tänään sitten kerrattiin vanhoja juttuja taas, keskityttiin perusasioihin, syöttöihin ja haltuunottoihin. Ne kun osasi kunnolla ja muisti aina tehdä huolellisesti, pystyi joukkue pitämään palloa hallussaan paljon kauemmin.

- Aina huolellisesti, jokainen syöttö ja vastaanotto.

- Syötä sellaisia syöttöjä kuin itse haluaisit saada.

- Jos kaveri kenelle aiot syöttää, on vastustajan takana, älä katso häntä, ei vastustaja tiedä kummalla puolella, huijaa.

- Auta pelikaveria olemalla vapaana, älä seiso vastustajan vieressä.

Näitä neuvoja tuli Jykkeltä joka harjoituksissa. Voi kun näistäkin olisi kokeet, uskoisin pärjääväni.

- Kiitos riittää tältä päivältä, loppuvenyttelyt ja kotiin lukemaan kokeisiin, Salla kertoi kaikilla olevan koeviikko.

- Jasu on jo ehtinyt meistä eniten päntätä, Pate vitsaili.

En kyllä enää illalla lukenut, piirtelin vielä niitä vaparikuvioita, ne tuntuivat paljon mielenkiintoisemmilta. Keskiviikon koe oli heti päivän ensimmäisellä tunnilla. Ei se kauhean hyvin mennyt, ei varsinkaan, kun en muistanut sitä induktiota, kirjoitin kyllä siihen sen olevan fysiikan perusilmiö.

Torstain koe olisi historiasta, nyt ei sitten voisi englannin tunnilla lukea niihin, mutta muiden opettajien tunneilla voisi. Aiheena olisi suuret sodat ja kylmä sota, siis se, kun ei sodittu, mutta varustauduttiin niin kuin se alkaisi kohta.

Välitunneilla sain hetken huokaista, rankkaa tämä opiskelu opiskelun aikanakin oli. Vähän niin kuin yritti kahta asiaa yhtäaikaa tunkea päähänsä, yleensä sinne ei tahtonut saada edes yhtä kerrallaan.

Onneksi koulupäivä meni nopeasti, eikä enää sen jälkeen tarvinnut kuin hieman kerrata toisen maailman sodan kulkua.

Puisto ja meidän harkat oli pelastus, kuin toinen maailma. Sitähän se oikeasti olikin, harrastus, joka vei kaikki ajatukset pois muista jutuista. Aika onnellisia oltiin, kun saatiin harrastaa, eikä ollut mitään sotia.

Selitin muille piirtämääni vapaapotkukuviota, piirsin sen kepillä hiekkaan. Ajatuksena oli saada pallo pelaajien ja maalivahdin väliin, niin puolustajatkaan ei voisi sitä helposti katkaista. Kun kaikki pelaajat liikkuvat kohti maalia, niin puolustaja voi joko yrittää pysäyttää pallon tai potkaista sen päätyrajasta kulmapotkuksi. Silloin kun keskitys on huisin kovan, voi helposti tehdä vaikka oman maalin.

Kaikki pitivät suunnitelmasta, kokeiltaisiin sitä huomisissa harkoissa. Tavallaan oli hyvä asia, nyt kaikki saisivat miettiä sitä mielessään ja kuvio olisi valmis huomenna.

- Mä haluun olla siellä keskellä se, joka syöksyy maalille, I 'm the scorer, Elvis ilmoitti.

- Mulla olisi ajatus, joka pistää vastustajan pelaajat ihan sekaisin, tietysti jos me saadaan tällainen tilanne pelissä, sanoin.

- Minä hommata meille vapapotku, Salah ilmoitti ja näytti pallon kanssa muutamia nopeita liikkeitä.

- Mikä se sun ajatus on? Salla kysyi.

- Laitetaan teidät, kaikki tytöt ketkä sattuu olemaan kentällä, pallon taakse antamaan vaparia.

- Miten me muka pystytään se antamaan? Sanni epäili.

- Ei tarvita muuta kuin toinen harhauttaa ja toinen antaa syötön muurin ohi pystyyn, tyhjän laidan puolelle.

- Sellaisen aivan maata pitkin kulkevan stopparin, Arska neuvoi tyttöjä.

- Te ehditte harjoitella sitä vielä pari päivää.

Tytöt innostuivat, vaikka hieman epäilivät itseään. Poikien kanssa sovittiin, että pystyyn juoksija olisi Nefi, nopein ja pystyisi antamaan tosi kovan keskityksen.

- Sen pitää olla myös matala, low and hard, Elvis ilmoitti, näytti vielä kädellään miten matala.

134

- Helppo homma, peace of cake, Nefi nauroi.

Mietittiin vielä muitakin kuvioita, aina pitäisi olla useampi vaihtoehto varmuuden vuoksi. Jos sattuisi saamaan useamman vaparin samoilta kohdin, niin ei enää samanlaisella voisi yllättää vastustajaa. Olihan meillä jo muutama kokeiltuna ihan peleissäkin, mutta niissä oli vaarana, että tulevia vastustajia olisi ollut paikalla katsomossa.

Oli mukava lähteä kotiin, kun oli saanut kunnolla tuulettaa aivojaan, pois kaikesta koulusta ja läksyistä.

Kokeessa piti luetella neljä isoa osallistujaa toisessa maailman sodassa. Aluksi luulin kysymystä helpoksi, kun tiesin vaikka kuinka monta maata, jotka sotivat mukana. Onneksi muistin lukemani kohdan, jossa mainittiin liittoutuneet yhdeksi suureksi, jonka vastustajat olivat Saksa, Italia ja Japani. Muutkin kysymykset tuntuivat minusta helpoilta, olin tyytyväinen vastauksiin. Sain kokeen tehtyä varmaan ensimmäisenä, silloin voisi palauttaa paperin ja lähteä välitunnille. Ikkunasta näin kuitenkin Nivan joukkueen pelaajien olevan pihalla pelaamassa, niin tyydyin katselemaan sisältä sitä heidän touhua. Oli viime aikoina aika kärkkäästi huomautettu toisiamme, aina vastaan tullessamme. Se oli kait sellaista henkistä yritystä saada toisesta yliote lauantain peliin.

Maantietoa piti yrittää päntätä vielä päähän, se olisi sitten koeviikon viimeinen ponnistus huomenna. Ehtisin koulupäivän aikana opetella kartan symboleita sekä mittasuhteiden

135

laskemista. Tänään olisi lyhyt koulupäivä, niin koulun jälkeen lukisin vielä ihmisen ympäristöön vaikuttavat asiat, sellaiset ekologiset jutut.

- Tytöt pallon taakse, hieno idea, oikeastaan ihan neronleimaus. Jykke ylisti harjoitusten alussa, kun kerroimme uudesta vapaapotkukuviosta.

Tuon kyllä arvasi, ei hän koskaan ollut tuominnut yhtään meidän ideoistamme. Joskus harvoin, hän vain laittoi jotain lisäideaa niihin mukaan.

Harjoiteltiin sitä vaparia, niin monta kertaa, että alkoi jo onnistumisprosentti olla sata. Tietysti ei meillä ollut oikeaa vastustajaa, mutta tarkoituksena olikin jokaisen osata oma osuutensa kunnolla. Sen jälkeen kokeiltiin ihan vaan kerran kaikki muita kuvioita, sovittiin myös mistä tiesi mikä juttu oli tulossa. Se selvisi siitä, keitä meni mahdolliseen vapariin pallon taakse sitä antamaan.

- No niin, nyt on sitten harjoittelut suoritettu viimeistä kertaa myöten. Lauantaina loppuu sarja ja meidän on Arskan kanssa aika siirtyä takaisin viettämään eläkepäiviä. Yhteinen matka teidän kanssa on ollut mukava ja antoisa varmaan molemmin puolin. Muuta en sitten toivo, mutta lauantaina jokaisen pitää olla ylpeä suorituksestaan, kävi itse ottelussa, miten tahansa. Me olemme teistä hyvin ylpeitä, olette ihan hyviä pelaajia ja hienoja nuoria.

- Ei vielä jäähyväisiä, alkaa itkettämään, Salla pyysi.

- Joo, uhotaan vielä taisteluhenkeä päällä, Toni yhtyi.

- We gonna rock, Elvis veisteli.

Kaikki innostuivat huutelemaan, tunnelma oli ihan huipussaan, voi kun peli alkaisi, ei meitä pysäyttäisi mikään.

- Hyvä on, odotetaan lauantaita, eikä me mitään jäähyväisiä tarvitakaan, moikataan jatkossa, kun nähdään.

- Minulla on ehdotus lauantaille, sellainen uusi taisteluhuuto ennen peliä, Arska yhtyi mukaan jutteluun.

- Hienoa Arska, muistakaa huomenna peli meidan kentta, pojat odotta innolla, Nefi sanoi.

- Hyvä juttu, kukaan ei sitten saa loukkaantua siellä, ei saa ottaa ihan tosissaan, Jykke ilmoitti ja jatkoi.

- No niin, huomiseen, tai lauantaiseen.

Moi moi, kuului joka puolelta. Tuntui hieman haikealta, oliko todellakin meidän harjoitukset ohi, eikö edes puistossa pelata. Mitenkähän tälle saisi jatkoa, kaikki oli niin mukavaa joukkueen kanssa. Oltiin kuin ihan oikea joukkue.

Kokeessa oli pieni Euroopan kartta, johon oli laitettu mittasuhteet alalaitaan. Tehtävässä luki tee matka autolla Helsingistä, joka on vähintään yli kaksituhattakilometriä, mutta ei ylitä viittätuhatta kilometriä. Muuta sitten se mahdollisimman samoja reittejä kulkeviksi, mutta ekologisiksi.

Mittailin hieman viivoittimella ja muuttelin matkat todellisen pituiseksi paperille. Sitten piirsin reitin Turun kautta Tukholmaan. Sieltä matka jatkui Tanskan kautta Hampuriin.

137

Saksasta liikuin Varsovan kautta Tallinnaan, josta takaisin Helsinkiin.

Ekologisempi reitti kulki laivalla suoraan Tukholmaan, josta matka jatkui junalla Kööpenhaminaan. Sieltä taas lautalla Hampuriin ja junalla Tallinnaan, josta paatilla Helsinkiin. Ekologisia kysymyksiä sekä luonnonsuojeluun liittyviä aiheita oli paljon. Vastailin niihin kierrätyksen tärkeydestä, ympäristön suojelusta ja eläinten auttamisesta.

Se oli sitten meidän viimeinen koe ja minä en avaisi enää yhtään kirjaa kotona, koulussa kyllä silloin kun opettaja käskee.

Tultiin pyörillä, minä Elvis ja Salla Nuokkarin kentän laidalle, jossa pelaisimme maahanmuuttajien nuorisoa vastaan kohta harkkapelin. Hetken aikaa katselimme ihmeissämme sitä touhua, paikalla oli varmaan sata katselijaa jo, siis tämmöisessä hupi pelissä. Ihmisillä oli juotavaa ja eväitä mukana, jollain jopa taitettavat tuolit, joissa voisi mukavasti seurata ottelua.

Vastustajat olivat pukeutuneet täysin mustiin paitoihin, ainakin olisi helppo erottaa pelaajat toisistaan. He lämmittelivät jo innostuneesti kentän toisessa päädyssä. Meidän puoliskolla Valtsu näytti yrittävän pompotella, Pate laukoi ja Toni istui nojaten maalitolppaan.

- Aikamoinen show tulossa, sanoin muille.

- Joo, tämähän peittoaa jopa kaupungin järjestämän sarjan, ainakin katselijamäärässä.

138

Kati, Sanni, Nefi ja Salah tulivat rakennuksen sisältä, siis nuorisotalolta.

- Pojat näytti meille paikkoja, tosi makee nuokkari heillä, tai siis saatashan mekin käydä täällä, Kati kertoi.

- Mika meininki, Salah nauroi.

- Mistä nämä ihmiset on tullut tänne? Pate kysyi.

- Peli katsomaan, Salah iloitsi.

- Meidän tapa, koko perhe osallistuu aina, Nefi kertoi.

- Älkää pelätkö, he kannusta molemmat joukkue.

- Aletaanko lämmittelemään kunnolla, ettei tule loukkaantumisia, sanoin.

- Joo, käyttäydytään kuin ammattilaiset, pitäähän katselijoille antaa hupia koko rahan edestä, Sanni totesi.

- Mutta ei sitten voiteta mitään ylivoimaisesti, kentällä pidetään hauskaa, maalit ei ole tärkeitä tänään, Elvis veisteli.

Hölkättiin, syöteltiin, juostiin, lauottiin ja lopuksi venyteltiin kunnolla.

- No niin, peli alkaa, tuomari tulee, Salah ilmoitti.

Vilkaisin sinne päin, mistä Salah oli nähnyt tuomarin tulevan, hetken aikaa olin suu ammollaan. Tuomari kyllä näytti tuomarilta, mutta raidallinen pitkähihainen paita kuului kylläkin jääkiekkoerotuomarille. En ollut kyllä nähnyt ennen kellään erotuomarilla niin pitkää partaakaan kuin tällä. Kaveri sopi kyllä tämän tapahtuman luonteeseen kuin hattu päähän.

139

Peli alkoi ja meteli oli sen mukainen, tuntui kuin jokainen vastustajista, sekä katselijat katsomosta oli yhtä aikaa äänessä. Kaikki tahtoivat palloa, syöttöä tai sitten oli vaan ohjeita annettavana pallolliselle.

Meillä oli hyvä hyökkäys menossa, kun pallon menetyksen jälkeen heidän maalivahti potkaisi pitkän pallon yli puolen kentän. Siellä oli yksi heidän pojista hieman niin kuin kytiksellä. Hän pääsi karkuun ja sijoitti pallon alanurkkaan, Toni ohi. Vastustajat hyppivät onnessaan ja yleisö taputti villisti. Menin tuomarin luokse, joka oikein kaivoi takataskustaan pienen lehtiön ja lyijykynän, tehdäkseen muistiinpanon.

- Ei tuo nyt ollut selvääkin selvempi paitsio?

- Se oli paitsio, Elvis tuli mukaan keskusteluun.

- Te isoja, normaali paitsio, nämä pojat ali kaksitoista vuosi, heillä maalialueenpaitsio, Tuomari sanoi, asetti pallon keskiympyrään ja laittoi pillin suuhunsa.

- Hei, vastustajilla on maalialueen paitsio, Elvis huusi kaikille.

- Mikä se on? Salla kysyi.

- Meillä alkaa paitsio puolesta kentästä, heillä vasta maalialueen rajasta, mitä täällä ei edes ollut näkyvissä. Kentän ulkorajatkin oli tehty varmaankin jalalla tai kepillä hiekkakenttään.

Jatkettiin peliä metelin saattelemana, pelin vyöryen välillä toisesta päädystä toiseen. Muut hieman vältttelivät laukomista ja maalintekoyrityksiä, mutta Nefi oli sitä mieltä, ettei saisi hävitä. Hän kokeili laukoa joka kerta, kun sai pallon hyvään vetopaikkaan. Lopulta hän onnistui yllättämään maalivahdin kaukolaukauksella ja sai hillityt aplodit katsojilta.

- Pikkuinen nuori veli pelaa vastustajassa, ei saa hävitä, noloa, Nefi sanoi ja muut nauroivat.

Nuoret vastustajat tekivät maaleja tiuhaan tahtiin, ehkä Tonin avustuksella, kun hän ei ottanut ihan tosissaan, eikä syöksynyt hiekkakentällä. Nefi teki kaikkensa pitääkseen meidät pelissä mukana, Salah avusti minkä ehti, muille ei tuntunut häviö tässä pelissä haittaavan. Molemmat teki varmaan yli kymmenen maalia, niin ettei ottelun tuloksesta tainnut olla enää mulla tietoa kuin tuolla parrakkaalla tuomarilla.

Kolmen päätösvihellyksen jälkeen pelaajat kokoontuivat keskiympyrään tuomarin ympärille. Kaikki olivat hiljaa, kun hän kaivoi taskustaan tuon pienen lehtiön ja alkoi kynän kärjellä laskemaan ottelussa tulleita maaleja.

- Kolmetoista, hän näytti nuorempia, sitten siirtyi käsi osoittamaan meidän joukkuetta.

- Kaksitoista.

Nuoret hyppivät onnesta, Nefi painoi päänsä alas ja nosti kätensä kasvoilleen.

- Nefi, kaikki häviää joskus, nyt oli parempi kuin huomenna, sanoin.

141

Siirryimme taas jonoon kättelyä varten, yleisökin nousi seisomaan. Huomasin Jykken ja Arskan katsomossa Karin vieressä, taisivat katsoa koko pelin.

Nuoremmat nauttivat tilanteesta aivan täysillä, mukavia kommentteja kuului kättelyssä.

- Ei se mitään, ihan hyvin te pelasitte.

- Sitä vaan häviää paremmilleen.

Kaikenlaista kuului, minä kiinnitin enemmän huomiota, kuinka hyvin nuo nuoremmat puhui jo Suomea. Mitä nuorempi, niin sen helpommin oppi kaikki uudet asiat, niin kuin uuden kielen tai jalkapallossa tempun. Toni näytti jo hiiltyvän noihin kommentteihin, kohta hän sanoisi jotain.

- Ensi viikolla uusinta ottelu, hän melkein huusi.

- Sopii meille, yksi pojista vastasi ja muut kannattivat.

- Sitten laitan pitkät verkkarit jalkaan, syöksyn joka ikisen laukauksen ja maalinteko yrityksen.

- Sehän nähdään, pojat nauroivat.

Tonikin tajusi leikiksi kaiken huutelun, mutta ei voinut kilpailuvietilleen mitään. Ihan hyvä oli, jos saatiin joukkueelle jotakin jatkoa, toivottavasti kaikki tulisivat vielä ensi viikolla pelaamaan.

- Huomenna nähdään, kaikki vilkuttivat toisilleen.

9. Finaalipäivä

"Kuljettu matka, vietetyt hetket ja jaettu ystävyys on arvokkaampaa kuin pelkkä päämäärä", mukavaa päivää, terveisin äiti. Lappu oli keittiön pöydällä odottamassa, niin kuin usein hän oli jättänyt jotain ohjetta ruuasta tai muusta, kun oli lähtenyt aikaisin töihin.

Kaurapuuroa syödessäni, mietin noita äidin kirjoittamia asioita. Oli hyvä, kun keräsin rohkeutta ja kävin ensin kysymässä Tonia mukaan, muut pojat tulivat sen jälkeen helposti. Sitten Nefi ja Salah, aivan mahtavaa oli saada heidät, ajatella kavereiksi, ei pelkästään joukkuetovereiksi. Eikä ilman tyttöjä olisi koko joukkuetta, hyvinhän hekin on pärjänneet. Valmentajat, tai siis joukkueen aikuiset ovat mainioita, aina kehumassa.

Monta hyvää hetkeä on puistossa keskenään vietetty ja kentällä joukkueen harjoituksissa. Nauratti, kun muistelin ihan alkua, oltiin vakoilemassa Korkeakankaan harjoituksia. Saatiin pelipaidatkin, hikinauhat ja minut valittiin kapteeniksi. Harjoiteltiin aika monta harhautusta puistossa Salahin kanssa. Tyttöjen kanssa kuljeteltiin kilpaa ja käytiin Sallan kanssa meillä ja heillä. Taidan olla häneen vähän ihastunutkin. Nyt oli aika unohtaa jutut mukavasta matkasta, se nimittäin oli vielä kesken. Pelikamat, eväät reppuun ja kohti urheilukenttää.

Kentällä oli tuotu kaupungin banderollikin, sellainen pitkulainen mainosviiri, joka liehui pukukoppien luona. Pelaajia oli jo paikalla jokaisesta joukkueesta, myös joitain kaupungin edustajia tai sellaisia joivat kahvia ulos tuodun pöydän äärellä. Päivän otteluohjelma oli kirjoitettu ulkona olevaan tauluun, vilkaisin sitä, vaikka osasin sen jo ulkoakin. Ensimmäinen ottelu alkaisi aivan kohta ja siinä pelaisivat Lahnajoen laukaisijat sekä Rytkyn pallo. Hetkinen, tämä ottelu piti kyllä olla alkuperäisessä listassa vasta toisena, eli ottelujärjestystä oli muutettu. Nämä kaksi joukkuetta ratkaisisivat jumbosijan sarjataulukossa, ehkä sen takia.

Innostuneesti pelaajat aloittivat pelin, ei niinkään tuntunut miltään "hällä väliä" ottelulta. Molempien hyökkäykset vyöryivät vastustajien maalia kohden ja puolustus teki parhaansa. Maalinteko tuntui molemmille olevan haasteellista myös tässä ottelussa, aikaisemmissahan molemmat oli tehnyt yhden ottelua kohden.

- Paljon peli on, Salla istuutui aivan viereeni.

- Ei ole vielä kumpikaan saanut yhtään.

- Jännittääks sua? Salla kääntyi katsomaan minua.

- Vähän, entä sua, vastasin.

- Ei, meillä on ollut ihan mahtavaa, ehkä jännittää se enemmän, että nähdäänkö me vielä tän jälkeen.

- No pyysihän ne meitä ensi viikolla pelaamaankin, vastasin ja ymmärsin että Salla tarkoitti meitä kahta.

144

- Kyllä me voidaan nähdä, sanoin.

- No, ei sotketa tän päivän peliä kapteeni, vedetään täysillä vaan, Salla nauroi ja hymy ylti melkein korviin asti.

- Mitä vedetään täysillä, minä oon mukana, takaa kuului Tonin ääni.

- No matsi tietysti, Salla sanoi.

- Oikea asenne.

Lahnajoen joukkue hurrasi, olivat tehneet maalin, se jäi meiltä näkemättä, kun juteltiin. Vähitellen meillä oli koko joukkue kasassa, kaikki iloisella tuulella. Pelattaisiin päivän viimeisessä ottelussa sarjan voitosta, aivan uskomatonta.

- Mikähän se meidän uusi tsemppihuuto mahtaa olla?

- Varmaan joku reilu peli pelattiin, Pate nauroi vatsaansa pidellen ja muut yhtyivät siihen huutoon.

- Vaikka vähän hävittiin, reilu peli pelattiin.

- Vaikka teidät voitettiin, niin reilu peli pelattiin.

Taas maali, jota ei me nähty, kun hölmöiltiin vaan, nyt sen teki Rytky. Peli oli tasan ja niihin numeroihin se päättyikin, pistejakoon.

- Pitäisikö meidän seuraavassa pelissä kannustaa Yhtylän yllätystä? Jos Korkeakangas voittaa, se voisi periaatteessa nousta meidän pelin häviäjän ohi, Valtsu sanoi.

Näköjään muutkin kuin minä, oli tehneet kotona tilastoja ja laskeskelleet miten voisi sarjassa käydä. Minulla oli tiedossa kaikki vaihtoehdot, koko sarjan ajan piirtelin erilaisia taulukoita otteluista.

- Ei, paras voittakoon, myös meidän ottelussa, Toni sanoi järkkymättömällä äänellä ja se oli sitten siinä.

- Vähän aikaa katsotaan ja sitten mennään lämmittelemään tuonne toiselle kentälle, sanoin.

- Veskiin ja vettä pulloihin nyt kenellä ei ole, Sanni nousi ja muut tytöt lähtivät mukaan.

- Siellä se liikunnan opettaja taas hilluu, jos ei olisi saanut apuvoimia valmennukseen, olisivat sarjan viimeisiä.

Toisessa pelissä oli jo jännitystä mukana, sen huomasi siitä, kun satsattiin enemmän puolustukseen. Oman maalin puhtaana pitäminen mahdollisimman kauan, antoi mahdollisuuden ratkaista peli yhdellä nopealla maalilla. Ei sitä ainakaan ensimmäisen vartin aikana tullut, joten me lähdimme lämmittelemään.

Laitettiin aluksi syöttörumba käyntiin, eli kaksi jonoa, syöttö toisen jonon ensimmäiselle ja juoksu sen hännille. Jykke ja Arska kantoi jostain löytämänsä penkin siihen lähelle. Olisi ensimmäisen kerran oikea vaihtopenkkikin, vaikka kuka siellä malttaisi istua. Siirryttiin harjoituksessa kuljetusvaiheeseen, sama homma, mutta syötön tilalla kuljetus. Sitten vielä pitkiä syöttöjä kaverin kanssa.

Huomasin meidän kannattajia alkaneen saapua paikalle, niitä poikia vanhempineen ja rummut kumisivat jo.

146

- Onko pikkuveli kannustamassa? Kysyi Nefiltä.

- Totta kai, sieltä tullee paljon ihmisiä, suuri ottelu.

- Venytellään hyvin, nyt ei saa fuskata, Jykke oli tullut pelaajien keskelle.

- Iloinen mieli, Salah sanoi, eikä Jykke voinut olla nauramatta.

- Juuri niin, ei tästä väkipakolla tule mitään, nyt pitää löytää rentous peliin, tehdä kaikki huolellisesti ja pitää ajatukset kentällä koko ajan.

Korkeakangas teki maalin, huuto ja ilakointi oli sen mukaista. Hetken kuluttua kuulimme, kuinka tuomari puhalsi pelin päättyneeksi. Korkeakangas varmisti ainakin kolmannen sijan itselleen.

- It's show time, Elvis hyppi polvia rintaan, sellaisia viime hetken lämmittelyjä, kroppa pysyi valmiudessa.

- Huutakaa vielä teidän oma tsemppihuuto, jos tarvitaan, niin puoliajalla sitten uutta huutoa, Arska sanoi.

- Hei, nyt tosissaan siellä kentällä, kävi miten kävi, niin parhaamme yritetään, kannustin muita.

Vastustaja oli jo kentällä, tapamme mukaan meidän pelaajat juoksivat omille paikoilleen. Menin keskiympyrään, tuomari odotteli siellä Kallen ja Pietarin kanssa.

- No niin, sieltä ne häviäjät vihdoinkin tuli, Kalle uhosi.

- Kumpi teistä on kapteeni? Toinen pois, eikö vaan tuomari?

- Kyllä, vain kapteenit on teikkauksessa, tuomari sanoi ja näytti Kallelle kädellä suuntaa. Pelin aloituksen arvontaa kutsuttiin teikkaukseksi.

Voitin arvonnan, valitsin puolen ja annoin aloituksen Nivan joukkueelle, saataisiin aloittaa sitten toinen puoliaika.

Ottelu alkoi, nyt oli jännitystä mukana, tämähän oli tavallaan loppuottelu, ottelun voittaja, voittaisi koko sarjan.

Sallaa taklattiin keskikentällä niin, että piti mennä vaihtoon. Näin kuinka sieltä juostiin jäähallin suuntaan, arvelin heidän hakevan taas jääpussia sieltä. Pate kaatoi vastustajan, joka meinasi päästä laidasta ohi. Tuomari puhutteli pelkästään, vaikka Nivan pelaajat huusivat varoitusta. Seuraavaksi oli Katin vuoro loukata, selvästi he ottivat tyttöjä kovin ottein, varmaan säikytelläkseen heitä. Sitten Nefi napautti nilkkaan samaa pelaajaa kuin tönäisi Katia, haiskahti kostolta, ainakin kun tiesi Nefin ja Katin väliset lämpimät suhteet.

Tuomari ei oikein saanut peliä hallintaan, vaikka alkoi puhaltelemaan jo vapaapotkuja pienistäkin tönimisistä. Se kostautui meille todella ikävästi, aivan tasaväkisestä kamppailutilanteesta. Nivan pelaaja kaatui Valtsun kanssa käydyssä pallontavoittelussa ja tuomari näytti rangaistuspotkua. Ei auttanut selittelyt, vaikka kuinka purnattiin, pallo pilkulle. Nivalta tuli laukomaan joku minulle aivan tuntematon poika. Mutta laukoikin hyvin ja kovaa, alanurkkaan, jättäen Tonin vaille mahdollisuuksia.

Välittömästi tuli olo, että nyt me hävitään tämä ottelu ja kaiken lisäksi vääryydellä hankitulla vaparilla. Jykke viittoili kentän laidalla käymään siellä.

- Yrittäkää heti iskeä takaisin, vielä kun vastustaja leijailee hyvän olon turvin, se onnistuu joskus.

Olin myös muistavinani tuon ohjeen, että seuraavat hyökkäykset ovat pahimpia johtavalle joukkueelle. Kannusti muita yrittämään heti täysillä hyökkäykseen. Hyökkäykset onnistuivatkin, päästiin hyville vetopaikoille, mutta vain maalikehikot kolisivat. Ensin Nefi laukoi rangaistusalueen rajalta volleyn yli maalivahdin, mutta veto kimposi ylärimasta takaisin kentälle. Hetkeä myöhemmin Elvis kolisutteli tolppaa komealla kierrepotkulla.

Erotuomari tuntui lopettavan vapareiden antamisen, ainakaan meille ei tullut enää yhtään, vaikka Salla kaadettiin todella törkeästi maalialueella. Hetkeä myöhemmin Nefiltä vedettiin takaapäin kesken juoksun jalat alta, eikä mitään, peli sai jatkua.

Potkaisin kiukussani pallon sivurajasta yli ja menin erotuomarin luokse.

- Eikö tuossakaan ollut muka mitään? Onko tämä joku etukäteen sovittu, miten pelin pitää päättyä? Puhisin kiukusta.

Tuomari nosti minulle keltaisen kortin, yksikin väärä sana, niin tulisi toinen ja lentäisin pelistä ulos. Nyt sain purra toden teolla hampaita yhteen, että sain pidettyä suuni kiinni.

149

Puoliaika, se tuli hyvään paikkaan, vaikka olimmekin häviöllä. Oli pakko päästä hieman rauhoittumaan, miettimään miten saisimme pelin haltuumme ja tasoittaisimme pelin.

- Pitkiä palloralleja omalla joukkueella, laidasta laitaan edestakaisin, niin kauan, että löytyy se oikea väylä mennä läpi.

- Ei saa hermostua, ei miettiä kelloa, eikä tilannetta. Peli on tällaista, joskus sitä vaan ollaan häviöllä, sieltä pitää yrittää nousta.

Otin pullosta vettä ja tein hengitysharjoituksia, sisään ja ulos tasaisesti, kuuntelin ohjeita toisella korvalla. Pulssi alkoi vähitellen tasaantua, ei enää harmittanut tuomarin käytös, vaikka olisi tämmöiseen peliin pitänyt parempi tulla.

- No niin kaikki tänne rinkiin, kädet olalle, Arska kehotti kaikkia.

- Kolmannella sitten huudetaan, suutu jo. Se ei sitten tarkoita muuta kuin, että löydä itsestäsi lisää energiaa, ei kenellekään tarvitse suuttua.

- Yy, kaa, koo. SUUTU JO!

Ottelussa oli meteliä kannattajien keskuudessa, varmasti enemmän kuin missään aikaisemmassa pelissä. Silloin kun on oikein keskittynyt kentällä, niin ei niitä ulkopuolisia kuule, eikä näe. Nyt vasta kiinnitin kannattajien määrään huomiota, kun käveltiin takaisin kentälle. Sieltä Salahin ja Nefin luota oli tullut aivan hirveästi katselijoita.

Toinen puolisko alkoi, meidän aloitus josta aloitettiin kierrättämään palloa pelaajalta toiselle. Pidettiin palloa todella pitkään, lopulta Nefi pääsi kokeilemaan vetoa, mutta laukaus viuhui yli.

Nivan pelaajilla ei ollut enää tarkoitus pelata peliä, he ainoastaan yrittivät kuluttaa aikaa. Pallon saatuaan he potkaisivat sen vain pitkälle meidän kenttäpuoliskolle, joskus laukoivat jopa sivurajan yli mahdollisimman kauas. Meinasin huomauttaa tuosta erotuomarille, mutta muistin hänen varoituksensa, niin päätin olla hiljaa ja pysyä pelissä mukana.

Ei oikein saatu tilanteita, vaikka pallonhallinta olikin selvästi meidän. Kannattajat huusivat maalia, sitähän me yritimme toden teolla. Pieni epätoivo hiipi mieleen, vaikka niin kauan, kun olisi pelikellossa aikaa, meillä olisi mahdollisuus.

Salah juoksi ohitseni ja pyysi pelaamaan hänelle maalialueelle, tai maalin etupuolelle, niin kuin hän sanoi. Pidin silmällä missä Salah oli, jos saisin pallon, ei tarvitsisi häntä etsiä. Pallottomana piti muutenkin seurata kenttää ja muita pelaajia, osasi sitten lähteä kuljettamaan vapaaseen suuntaan tai löytää helposti oman pelaajan.

Niva potkaisi jälleen pitkän, Toni tuli kauas maaliltaan vastaan ja palautti pallon laitaan Nefille. Nefi harhautti yhden vastustajista, kuljetti hetken ja syötti minulle. Tiesin Salahin olevan jo maalialueella, Elvis olisi kuitenkin vasemmalla vapaana. Nopea päätöksen teko, kuljetus, harhautussyöttö

151

Elvikselle. Pallon siirto toiseen suuntaan, katse ylös pallosta ja tarkka syöttö Salahille. Hän teki nopean käännöksen, kaksi kertaa jalannosto harhautuksen, jolloin puolustaja horjahti ja samalla hän nosti pallon niin läheltä vastustajaa, että se osui käteen. Tuomari oli aivan vieressä ja Salahin nostettua kätensä, nosti hän viimein pillinsä suuhunsa ja näytti kädellä rangaistuspistettä.

Vilkaisin valmentajiin, Jykke näytti kädellä, että hänelle oli aivan sama. Meidän pelaajat tulivat kaikki Tonia lukuun ottamatta pallon ympärille.

- Kuka laukoo? Elvis kysyi.

- Annetaan Salahin vetää, hän sen hommasikin, sanoin ja kapteenin sanakin on aika painava, kaikki nyökkäsi.

Salah asetteli palloa millin tarkasti oikein päin rangaistuspisteelle, pallon sauma ei kuulemma saanut osua laukaisevaan kenkään. Maalivahti pomppi maaliviivalla yrittäen häiritä Salahia mahdollisimman paljon. Nivan pelaajat huusivat ohjeita, että aavista vasemmalle, aavista oikealle. Katsojat pidättivät hengitystä, kun Salah lähti liikkeelle, maalivahti aavisti oikealle, Salah laukoi aivan keskelle maalia. Peli oli tasan, se tuntui hyvin ansaitulta tulokselta tässä vaiheessa. Nyt sattui meidän joukkueelle se virhe hyvän olon tunteesta. Vastustaja iski heti seuraavassa hyökkäyksessä takaisin, taisi vielä kaikki leijua ilmassa tasoituksen jälkeen. Kalle pääsi pitkän syötön jälkeen kahden maalivahdin kanssa, Tonin

152

hienoinen kompastelu helpotti sijoitusta toiseen nurkkaan.
Olimme taas häviöllä ja arvatenkin nyt alkoi taas Nivan
joukkueen ajan peluu.

Kuulin kuinka tuomari ilmoitti jollekin peliaikaa olevan
jäljellä kymmenen minuuttia, vielä meillä olisi mahdollisuus.
Pidettiin palloa hallussa, syöteltiin, hiljalleen edettiin kohti
vastustajan maalia. Salla oli vapaana, hetken mietin pystyisikö
hän pitämään pallon meidän joukkueella, syötin kuitenkin. Salla
piti palloa ja suojasi sitä vartalollaan, kun puolustaja yritti
potkaista pallon häneltä, laittoi hän jalan väliin. Sitten kuului
kova parkaisu ja hän kieri maassa, aivan kuin jokin Ronaldo
huippupelissä. Vapaapotku meille hieman oikealta maalialueen
ulkopuolelta.

- Pate juoksi viereeni, Elvis ja tytöt oli jo siinä.

- Nyt se tyttöjen kuvio, tää on just oikeassa kohtaa.

- Joo, tehdään, kaikki tänne, Elvis huusi ja kun kaikki oli
paikalla, sovittiin harjoiteltu kuvio.

Elvis, Salah, Pate meni vasemmalle, Valtsu jäi hieman heistä
varmistelemaan. Vastustaja teki muuria, minä menin sen viereen
oikealle, jättäen pienen raon. Minun tehtäväni oli tavallaan olla
esteenä, jos joku muurista lähtisi syötön perään. Nefi oli pallosta
oikealla, ikään kuin varmistelemassa, kukaan ei vartioinut häntä.
Sanni ja Salla jäivät pallon taakse, Nivan pelaajat olivat hieman
ymmällään.

- Ei tarvii muuria, huusi heidän maalivahti.

Meidän kuvio menisi sekaisin, jos he eivät tekisi muuria.

Toni hoksasi tilanteen ja juoksi salamana tyttöjen luokse, mukamas mahdollinen laukaisija.

- Muuri takaisin ja äkkiä, maalivahti komensi huomatessa Tonin tulevan myös pallon taakse, Kolme pelaajaa tuli muuriin, loput piti maalin edessä olevat pelaajat.

Tuomari puhalsi luvan laukaisulle, Sanni juoksi pallon yli. Salla lähti laukomaan, mutta syöttikin pystyyn muurin oikealle puolelle, niin kuin olimme harjoitelleet. Nefi oli kenenkään huomaamatta liikkunut ylöspäin ja oli heti pallossa. Kova keskitys keskelle hipoen maata, suoraan maalivahdin ja pelaajan väliin. Kaikki pelaajat kurkottivat palloon, Elvis ensimmäisenä sain nappiksensa väliin, pallo kimposi vastaan tulleen maalivahdin jalkaa hipoen verkkoon.

Peli oli tasan, vaikka yleisö huusi kurkku suorana, minä komensin muita.

- Nyt ei juhlita, unohtakaa tuo, peli jatkuu, loppuun asti täysillä.

- Joo, tätä ei hävitä enää, Elvis tsemppasi.

Loppu olikin sitten liikaa yrittämistä molemmilta. Nähtiin vain yksilö hyökkäyksiä, kun suurin osa pelaajista keskittyi vain puolustamaan omaa maaliaan.

Tuomari puhalsi pelin päättyneeksi, yllättäen kentällä oli hiljaista, kun kumpikaan joukkue ei oikein voinut olla varma mestaruudesta. Tiesin kyllä, että usein tasapisteissä ratkaistaisiin

154

paremmuusjärjestys maalieron turvin. Meillä se oli sama molemmilla, Nivalla oli enemmän tehtyjä maaleja, meillä taas vähemmän päästettyjä. Minusta molemmat olivat mestareita, mutta sen päättää tietysti joku muu kuin minä.

Tuomari ei oikein tiennyt mitä pitäisi tehdä, katseli vain kentän laidalle, jossa oli kaupungin edustaja mitaleiden kanssa. Eikä tiennyt mitaleiden jakajakaan kummalle kuuluisivat kultamitalit, hopeisia ei sitten ollutkaan.

- Olkaa ylpeitä itsestänne, viisi ottelua, eikä kukaan pystynyt voittamaan teitä, Arska sanoi pelaajille.

- Hei, se on totta, me oltiin hyviä, Pate totesi, naama virneessä.

- This is a wonderful day, Elvis hoilasi.

Nefin pikkuveli tuli koko lauman kanssa onnittelemaan meitä, olalle taputtelijoita riitti. Kyllä olo oli kuin mestarilla, vaikka ottelun aikana tunteet menivät kuin vuoristorataa.

Näin kun Nivan pelaajat menivät palkinnon jakajan luokse selittämään jotain. Pian kuului pienestä kaiuttimesta ilmoitus.

- Jaetaan mitalit kaupunginosien sarjan voittaja joukkueelle, Nivan palloseuralle.

Oli selvää, että heidän pelaajat olivat kertoneet enemmän tehdyistä maaleista ja se oli ilmeisesti riittänyt tuolle palkintojen jakajalle.

- Mennäänkö valittamaan? Toni kysyi.

- Ei mennä, mitä tuommoisista mitaleista, saatiin ainakin pelata, sanoin.

- Me oltiin voittamaton joukkue, Sanni julisti.

- Huonot häviäjät valittaa, me ei hävitty yhtään peliä, Arska tuuletti kuin mestari.

Nefin pikkuveli tuli muutaman muun kanssa viereeni, hieman hiljaisesti kysyi sitten.

- Tulettehan sitten tiistaina meille pelaamaan.

- Tiistaina kaikki vielä mukaan viimeiseen peliin, siinä tuleekin vastaan ainoa joukkue, joka on pystynyt voittamaan meidät, huusin.

Koko porukka yltyi nauramaan, niin että palkintojen jakokin keskeytyi, katselivat meitä ja ihmettelivät varmaan, miten kakkoseksi jääneellä joukkueella voi olla hauskaa.

Lähdettiin kotiin, iloisella mielellä, vaikka kyllä se hieman satutti, kun tavallaan mekin oltiin voittajia, mutta jäätiin ilman mitaleita. Kävelin Arskan ja Jykken kanssa jonkin matkaa, olivat menossa taas kahville jonnekin.

- En tiedä olenko jo kysynyt, tai sanonut tätä, mutta teidän kannattaisi pelata jossain oikeassa joukkueessa, Jykke sanoi ja laittoi käden olkapäälleni, arvatenkin pienen harmituksen.

- Me pelataankin, tai osa meistä, mutta meillä ei ole joukkueessa ollut valmentajaa, se lopetti juuri ennen kautta. Eikä edes ilmoittanut joukkuetta mihinkään sarjaan. Meidän pitäisi harjoitella paljon nuorempien kanssa, se ei oikein ole mukavaa, eikä tunnu miltään, kun ei olisi pelejäkään.

- Vai niin, sepä kurjaa. Mutta nyt nautit muutaman päivän hienoista suorituksista.

- Joo, moikka.

- Hei vaan, kuului molemmilta.

Unohdin pyytää heitä vielä siihen tiistain peliin, olisi mukava nähdä heidätkin siellä. Tai ehkä he tulisivat pyytämättä, olivathan viimeksikin.

Viimeinen kouluviikko pyörähti käyntiin, päivät meni kuin sumussa turnauksen jälkeen. Itse koulunkäyntiin ei tarvinnut panostaa, riitti kun tuli paikalle. Lähinnä odotettiin niitä viime viikon kokeita, antaisi hieman suuntaa todistuksen numeroista. Matematiikan koe saatiin ensimmäisenä, siitä tuli ysi miinus, ihan riittävä minulle.

Nivan pelaajat tulivat välkällä näyttämään mitaleitaan ja kehumaan itseään. Kerroin heille kuinka hyviä he olivat, vaikkakin meinasivat hävitä tytöille. Eikä kertoneet mielipidettään tyttöjen antamasta vapaapotkusta, vaikka kysyin, lähtivät vain hiljaa pois.

Iltaisin pelaajat kävivät kyllä puistossa, mutta ei me enää harjoiteltu. Juteltiin kyllä futiksesta, mitä kikkoja voisi siellä tiistain pelissä kokeilla. Puhuttiin myös, kuinka kivaa olisi, jos olisi oikea joukkue ja voisi harrastaa jalkista yhdessä koko vuoden.

Odotettu tiistai saapui viimeinkin, oltiin taas nuorisotalon viereisellä kentällä. Meillä oli edelleen päällä nuo Arskan hommaamat vanhat peliliivit, joissa oli Hujasen mainos.

Unohdettiin palauttaa ne viimeisen pelin jälkeen, mutta ei kai niillä niin kiire olisi, tuskin kenenkään muun käytössä.

Pelipaikalla oli tunnelma korkealla, grillit savusivat ja musiikki soi, ei puuttunut kuin napatanssijat. Nuoremmat laukoivat kentän toisessa päädyssä sen minkä ehtivät. Nyt taisi meidän joukkueella olla sellainen tilanne, ettei tehtäisi alkulämmittelyä, ainakaan meillä ei ollut aikomusta ennen kuin kuului tuttu ääni.

- Ihanko kylmiltään aiotte pelata? voin taata, että häviätte noille vikkeläkintuille, se oli Jykke.

Kaikki meni iloisina hänen ympärilleen, kukaan ei osannut odottaa häntä vielä valmennukseen. Arskakin oli paikalla, pitäisi muistaa paidoista kysyä pelin jälkeen.

- Ottelun jälkeen palkitaan ainakin voittajat hyvällä ruualla, Jykke sanoi ja näytti kädellään höyryäviä grillejä.

- Sitten ei ole vaihtoehtoja, nyt hölkkäämään, Toni totesi muille.

Tehtiin taas peliä edeltävä lämmittely ja veryttely, se tuli jo jokaiselle ulkomuistista. Pelipaikkoja ei tarvinnut kertoa, jokainen tiesi omansa. Ainoa pieni kina tuli vaihtopelaajasta, poikkeuksellisesti lähes jokainen halusi olla vaihdossa, ainakin jonkin aikaa. Koska peli ei ollut niin tärkeä, sitä oli hauska katsella sivusta.

Ottelu alkoi, teimme hienoja hyökkäyksiä, joista saimme muutaman maalin. Vastaavasti päästimme nuoremmat aika helposti läpi, mutta Toni, joka oli laittanut pitkät verkkarit jalkaan, ei suostunut päästämään yhtään maalia helposti. Menihän sinne lopulta kuitenkin muutama, joista Toni syytti puolustuksen laiskuutta. Valtsu ja Pate levittelivät vain käsiään merkiksi, etteivät mahtaneet hyökkääjille mitään.

Lopputulos oli muutamaa maalia parempi meille, ainakin Toni oli ansainnut grilliherkkunsa. Nämä olivat aivan huippuhienot jalkapallojuhlat. Paperilautaset ja juomamukit kädessä heiluttiin musiikin tahdissa, ei näkynyt murjottavia naamoja. Lopulta sovittiin taas seuraavasta pelistä, näille ei taitaisi tulla loppua tänä kesänä, mikä sopi minulle oikein hyvin.

Fysiikan ja kemian kokeesta sain heikoimman numeron, pelkän seiskan. Se oli kyllä hieman aavistettavissakin, onneksi biologiasta tullut yhdeksän oli aikamoinen yllätys minulle itsellekin. Itse todistusten jako oli lauantai aamuna, liikuntasalissa pidettävän kevätjuhlan jälkeen. Saisimme varmaan laulaa siellä suvivirttä ja katsella ekaluokkalaisten harjoittelemia näytelmiä.

- Voiko ylänapin jättää auki, en saa tätä millään, tai ainakin kuristun, jos laitan, sanoin äidille, joka oli silittänyt minulle valkoisen paidan.

- On se mennyt ennenkin, eikä sinun kaulasi ole yhtään kasvanut, äiti sanoi ja jatkoi vielä.

- Päätösjuhla on sellainen, että siellä ollaan komeina, se on sinun etuoikeus, eikä pakko.

- No menihän se viimein, sanoin ja leikin kuristuvaa.

- Älä höpsötä, alahan jo mennä siitä, ettet myöhästy.

Mitä lähemmäksi koulua tulin, sen enemmän näin kauluspaitaisia ja juhlavaatteisia nuoria. Oli lämmin kesäpäivä, ei tarvinnut laittaa takkia ollenkaan.

Mentiin Valtsun kanssa istumaan penkin päähän, sali oli täynnä matalia liikuntasalin puisia penkkejä, joihin mahtui yhteen melkein kymmenen oppilasta. Rehtori aloitti kehumalla koko koulun väen siivoojia ja keittäjiä myöten vuoden uurastuksesta. Ensimmäiseksi saisimme nauttia musiikkiluokan laulamasta suvivirrestä, jossa kaikki sai laulaa mukana. Sen jälkeen ensimmäisen luokan oppilaat esittivät kevätnäytelmän, jokavuotisen matinean. Muistin omanikin, taisin esittää silloin puuta tai pensasta, aika vaativaa.

Stipendien jako huippuoppilaille, siis sellaisille hikipinkoille, joilla oli kaikki numerot kymppejä todistuksessa.

Hymypoikapatsaiden jaossakaan ei minun tarvinnut odottaa kutsua salin eteen, sen verran kuitenkin olin kiusannut luokan tyttöjä.

- Lopuksi haluaisin vielä mainita jalkapallosarjasta, rehtori aloitti, samalla kuului taputuksia Nivan pelaajilta.

- Valitettavasti meillä ei ole lisää mitaleita, mutta palaveerattuamme kaupungin edustajien kanssa. Tulimme siihen tulokseen, että sarjan voittajajoukkueita on kaksi, Nivan palloseura ja Fc Ratinen.

Koko Sali taputti, me oltiin Valtsun kanssa suu auki ja meidän luokan opettajakin näytti peukkua meille. Etsin katseella muita pelaajia, Sallan löisi helposti, hänellä oli kädet kohti ilmaa.

- Oikeus voitti, Valtsu sanoi.

- Ihan kiva juttu.

Lopuksi minulla on kannustinpalkinto, hienosta saavutuksesta, yrittämisestä ja peräänantamattomuudesta.

Mietin vielä tuota turnauksen voittoa ja juhlaväen taputuksia, aivan kuin olisin kuullut oman nimeni.

- Mene, Valtsu sanoi ja tönäisi minut hereille haaveilusta.

- Täh, mihin?

- No tuonne eteen, se sanoi sun nimen ja nyt se odottaa sinua siellä, Valtsu nauroi, kun tajusi etten ollut kuullut.

Opettajakin nyökytti päällään salin etuosaan, kai se oli mentävä. Nousin, hivuttauduin sivuttain penkin välistä keskikäytävälle, Salla antoi läpsyn käteen ja kuiskasi.

- Mä oon ylpee susta.

Rehtori odotti puhujapöntön vieressä kirjekuori ja kukkapuska kädessään.

- Kiitos ja onneksi olkoon, olet ollut esimerkillinen ja kuullut sinun saavutuksestasi hyvää monelta taholta. Olet yhdistänyt oman alueesi nuoret, tehnyt jopa mahdottomasta mahdollisen, niin kuin eräät väittivät.

Nyökytin päätäni ja otin kuoren ja puskan vastaan, en oikein tiennyt mitä minun pitäisi seuraavaksi tehdä. Oppilaat kuitenkin nousi yksi toisensa jälkeen ylös taputtamaan, niin päätin palata paikoilleni.

Juhla oli ohi, todistukset jaettu, pihamaalla näin Sallan, joka hyppi ilosta.

- Sain mahtavan hyvän todistuksen.

- No kiva, me ollaan nyt sitten mestareita.

- Mä annan tästä kukkapuskasta sulle puolet ja puolet vien äidille.

- Ihanaa, kiitos, Salla halasi minua.

- Hei, käytkö sanomassa Jykkelle, että me voitettiin.

- Joo, heti kun pääsen kotiin, varmaan ilahtuu hänkin.

- Nähdäänkö kesälomalla joka päivä, Salla kysyi.

- Nähdään vaan.

Äiti ilahtui kukista, yhdessä avasimme kirjekuoren, sisältä paljastu viidenkympin lahjakortti urheilukauppaan. Mukaan oli laitettu saatekirje, jossa kerrottiin syyt tähän kannustuspalkintoon. Kasasin joukkueen lähes yksin, ilman mitään ennakkoluuloja, otin joukkueeseen mukaan niin tyttöjä kuin aivan vieraitakin pelaajia. No, minä vain halusin pelata.

Päivät kuluivat Sallan, Elviksen ja niiden kanssa, keitä nyt sattui puistossa olemaan. Pelailtiin, pyöräiltiin, käytiin nuokkarin kentällä ja välillä vaan oltiin.

Yhtenä päivänä Sallalla oli minulle ehdotus, lähdettäisiin isolle kentälle potkimaan. Sanoin kyllä, ettei siellä saanut potkia kuin joukkueiden kanssa, saisi muuten porttikiellon koko alueelle. Salla sanoi vain, ettei sellaisista kannattanut välittää, enkä minä kehdannut kieltäytyäkään. Perille päästyämme hän halusi välttämättä ensin käydä pukukopeilla, oli kuulemma niin kova jano.

- Mennään tohon ykköskoppiin, hän sanoi ja minä menin edeltä.

Kun laitoin valot, näin kaikki tutut pelaajat Ratisen joukkueesta, mutta myös Jouppilan Teräksestä. Kopin perällä tuttu mies laittoi nappiksia jalkaan, se oli Jykke.

- Vaihdahan kamat, treenit alkaa ihan kohta, teillä on taas valmentaja.

- Ei voi olla totta, sanoin ääneen.

- Et sinä kyllä unta näe, sanoi Mikko, Teräksen yksi hyökkääjistä.

- Menin Sallan viereen, joka oli suu virneessä.

Katseeni kiersi koko kopin, siellä oli Sanni, Kati, Arska ja melkein kaikki.

- Ei sentään Karin pojat tulleet?

Samalla kopin ulkopuolelta kuului tuttuja ääniä.

163

- Mika koppi? Se oli varmasti Nefi.

- Ei voi tietä, sanoivat vain, kopissa tavataan. Kuului Salahin ääni.

- Tänne pojat, Toni huusi ja avasi oven. Nyt oli kaikki paikalla.

- Pelaatko sinäkin? Kysyin Sallalta.

- Pelaan, me pelataan kaikki tänä kesänä.

- Tästä tulee paras kesä ikinä.